睦月影郎

美人あやかし教室

実業之日本社

実業之日本社文庫

美人あやかし教室　目次

第一章　手ほどきは桜吹雪の精　5
第二章　メガネ美女の熱き誘惑　46
第三章　好奇心に濡れる美少女　87
第四章　美人妻の肌を発掘調査　128
第五章　三人で戯れる淫ら快感　169
第六章　色と匂いに舞う花びら　210

第一章　手ほどきは桜吹雪の精

1

（さあ、とうとう大学生だ……！）

純也《じゅんや》は、春風に吹かれながらキャンパスを歩いた。

一浪して、ようやく都内にある志望大学の国文科に合格し、入学手続きとガイダンスを終え、教科書を揃えたところである。

浅井《あさい》純也は十九歳になったばかり。実家は湘南《しょうなん》だから都内まで通えるのだが、サラリーマンである父の社宅は狭いし、一人暮らしをしたくて大学の近くにあるアパートに引っ越してきた。

将来は、最近の中高生を相手に国語教師になるつもりはないので、出来れば四年間のうちにどこかの新人賞を取って作家になるのが夢だった。

高校時代から読書と執筆が趣味だったし、元よりシャイで人と接するのが苦手なため、一人で出来る仕事が希望なのである。

だから当然ながら彼女などいた例《ため》しがなく、未だにファーストキスも知らない完全無垢なのだが、性への憧れだけは強く、受験勉強の合間にも日に二度三度と抜かないと落ち着かないほどだった。

（この四年間で、作家デビューと初体験、それを目指そう！）

純也は思い、颯爽と歩き回ると、あちこちではクラブ活動やサークルの勧誘が新入生を呼び止めていた。

と、そのとき純也は声をかけられた。

「浅井先輩ですか？」

「うわ、真菜《まな》ちゃん……」

振り返って見ると、それは高校時代、文芸部で一級下の高宮《たかみや》真菜ではないか。

純也は当時から、この可憐な美少女の面影で抜きまくっていたが、一浪したため同じ新一年生になったようだ。

「現役で受かったんだね、おめでとう」

「お久しぶりです。先輩も同じ新入生ですか」

純也が言うと、真菜は新品の教科書を抱えた彼のバッグに目を遣《や》り、笑窪《えくぼ》を浮かべて答えた。

彼女は早生まれのため、まだ先月に十八歳になったばかりのショートカット、きっと今でも高校時代のセーラー服が似合うことだろう。

「湘南から通っているの？」

「いえ、寮に入りました」

訊くと彼女が答え、他に高校時代の同窓生などもいないようなので一緒にキャンパスを歩いた。

高校時代の文芸部では、シャイな純也にしては最も多く話した相手が真菜だったが、淡い思いを告白することも出来ず、受験に専念してきたので、会うのは純也の卒業以来一年ぶりだった。

歩きながら、純也は思い切って真菜にＬＩＮＥの交換を申し込んでみた。

彼女も、他に知り合いがいなくて心細かったのか、すんなり応じてくれたのである。

「文芸サークルでも見てみる？」

「ええ、でも今日は高校時代のお友達とパーティなので行かないと」

真菜が言う。どうやら友人たちも他の大学に受かり、みな都内に出てきているようで集まるらしい。

「そう、分かった。じゃまた会おう」

「ええ、また明日にでも」

純也が言うと、真菜は笑顔で答え、そのまま行ってしまった。

明日から、正式に授業が始まるのである。

（そうかあ、真菜と同級生になったか……）

純也は胸を膨らませて思い、これから何度も真菜と学内で会えることに舞い上がった。

だが、そんな浮かれた気分が台無しにされたのである。

「おい、ここに名前と学生番号を書け」

いきなり純也は学ランを着た大柄なスキンヘッド男に声をかけられ、目の前に用紙を突き出された。

見ると、空手部入部案内と書かれている。

「い、いや、他に入るサークルを決めてますので……」

「入部するしないはあとから決めりゃいい。まず説明会に来るんだ。そのあとで女子との合コンもあるぞ」

上級生らしい男が太い眉を険しくして言う。

見ると、説明会と合コンの会費が五千円となっている。

「いえ、遠慮しときます」

「いいから名簿に書け」

男が凄むと、そのとき凛とした声がした。

「佐野《さの》、興味のない人を強引に誘うんじゃない」

見ると、ロングの黒髪を束ねた長身の美女が腰に手を当てて男を睨んでいた。

「く……」

すると、佐野と呼ばれた男は小さく呻き、純也をギロリと睨み付けてからどこかへ行ってしまった。

「ごめんね、あいつは三年生の佐野武夫《たけお》と言って、幹部にもなれずに空手部の評判を落としているダメ男なの」

「い、いえ、助かりました。有難うございます」

「私は女子空手部のキャプテンを引退したばかりの四年、矢竹由紀子《やたけゆきこ》」

「僕は、国文の浅井純也です」

「そう、勧誘には気をつけて。説明会と称して会費を出させ、強引に入部させて部費を集めて、見込みのない人をしごいて辞めさせて、その余った金で飲み会をしようという連中が多いから」

「はい、気をつけます」

純也は、颯爽としたお姉さんに顔を熱くさせながら答えた。

四年生と言うからもう二十二歳ぐらいだろう。まだ無垢らしい真菜より、ずっと大人の雰囲気があった。

「何か探しているサークルはある?」

由紀子は訊いてきた。面倒見が良いらしく、迷っているらしい純也に付き合ってくれそうである。

「ええ、文芸とか」

「そう、私が所属している伝奇サークルは面白いわよ。メンバーは少ないけど、顧問の月丘小夜子《つきおかさよこ》先生がすごく素敵なの」

由紀子が言い、すぐにも案内するように歩きはじめた。

「伝奇なら興味があります」

純也も答え、一緒についていった。

由紀子は空手部の合間に、伝奇サークルにも顔を出し、民俗学の准教授である小夜子に強い憧れを寄せているようだ。

由紀子は、小夜子の講義がいかに面白くてためになるかを説明しながら、学舎の棟の並ぶ外れに彼を連れて行った。

するとキャンパスの隅に、古ぼけた建物があり、由紀子は中に入って階段を上がり、二階の奥に行った。

廊下の窓からは、塀に挟まれた二棟の建物が見えている。

「あれは男子寮と女子寮よ」

由紀子が説明してくれ、そこの女子寮に真菜が住むのかと純也は思った。

旧館の建物と寮の境には桜並木があって桜吹雪が舞っているが、その間に大きな切り株があって彼は目を止めた。

「あれは、樹齢千年の古い桜が朽ちて倒れかかっているので、先日切ってしまったのよ」

「千年……」

由紀子が言い、純也は嘆息して呟いた。

やがていちばん奥の部屋をノックし、返事があったので入ると、中は本の山。

ここが小夜子の研究室で、伝奇サークルが集う場になっているのだろう。

奥の机に一人の女性が座り、書物を開いている。

セミロングの黒髪にメガネをかけ、整った顔立ちの女性が顔を上げてこちらを見た。

「小夜子先生、サークルの希望者を案内してきました」

「そう」

由紀子に言われ、小夜子が立ち上がってこちらに来た。

「じゃ、私は女子空手部の勧誘に戻りますね」

由紀子は言うと、そのまま研究室を出て行ってしまった。

准教授と二人きりになり、純也は少し緊張したが、ここに入部すれば、やがて小夜子とも親しくなれることだろう。

「国文の浅井純也です」

「そう、数日後にサークルの集まりがあるから、入るかどうかは何度か顔を出してから決めるといいわ」

純也が挨拶すると、三十代前半か、冷徹な雰囲気のある小夜子が言った。

「分かりました。じゃ集まりの時にまた伺います。それと、千年の桜を切ったようですね」

なぜか気になり、純也が言うと小夜子はレンズの奥の、切れ長の目をキラリと光らせた。

「そう、何度も補強したのだけど傾いて、しかも酔った誰かが幹を蹴ったらしいの。それでやむなく」

小夜子も、その桜には相当な愛着があったように言う。

「これ」

すると小夜子が奥に戻り、紙片を持って戻った。紙を開くと、何枚かの花びらが挟まれていた。

「あの桜の、最後の花びら」

「そうですか、お守りに一枚頂いていいですか」

「ええ、そんなこと言う子、初めてだわ」

小夜子が言って差し出してきたので、純也は小さなハート型をした一枚の花びらを摘み、財布の中にしまっておいた。

「じゃ、失礼します。また伺いますね」

純也は辞儀をして言い、研究室を出たのだった。

2

（今日だけで、三人の美女に会ったんだなあ……）

アパートへ戻った純也は、再会した可憐な真菜と、颯爽たる由紀子と、神秘的な小夜子の顔をそれぞれ思い浮かべた。

真菜以外は、あの佐野という空手部の男にからまれたから出会えたので、むしろ奴に感謝したいぐらいである。

アパートは大学から歩いて十分ばかりで、上下に三所帯ずつある二階建ての木造。彼の部屋は一階の端。四畳半一間に、鍋釜のある狭いキッチン、バストイレと押し入れだけである。

何とか小型冷蔵庫に電子レンジ、あとはノートパソコンが置かれた机と本棚に万年床だけ。夕食は冷凍物をチンして済ませたが、今後はなるべく節約して、飯を炊いて味噌汁を作って、質素に自炊するつもりである。

他の住人も男の一人暮らしばかりで、裏の大家に聞くと皆社会人で寝るだけに帰り、大学生は純也一人のようだった。どこも留守ばかりだし、都会では当たり前のようなので特に挨拶もしなかった。

洗濯は近くにあるコインランドリー、駅まで歩けば多くのスーパーや本屋、コンビニがある。

テレビはないが、大部分のニュースはスマホで充分だろう。

やがて夜十時を回ると、明日から授業なので純也は寝ることにして流しで歯磨きをした。

パジャマなどは面倒なので持たず、着ていたTシャツとトランクスで寝る。

もちろん寝しなには抜く習慣である。

まして今日は三人もの美女と出会ったのだから、その面影を使わないわけにはいかないだろう。

（そうだ、あの花びら……）

純也は早くもピンピンに勃起していたが、ふと思い出して財布を取り出した。

財布に入れていたら、いつか失《な》くすだろうから、ちゃんと出してノートにでも挟んでおこうと思ったのだ。

財布から花びらを摘んで出し、財布を仕舞ってノートを出そうと思ったら、いつの間にか花びらが消え去っているではないか。

「うわ、落としたか……」

純也は声に出して言い、畳の上や万年床を調べはじめた。

千年前といえば平安時代だ。そんなに古くから立っていた桜の最後の花びらだから疎《おろそ》かにしてはいけない。

しかし、どこにも見当たらないのである。

「探しているのは私？」

と、いきなり声がして純也はビクリと顔を上げた。

「うわ……！」

彼は声を洩らし、思わずへたり込んだ。

何と、万年床の隅には白い着物で長い黒髪をした美女が、笑みを浮かべて座っているではないか。

「げ、幻覚……？　それとも幽霊……？」

純也は声を震わせて呟き、何度目を擦ってみても、そこには見た目二十歳ばかりの美女がいるではないか。

「幻でも幽霊でもないわ。強いて言うなら古い桜のあやかし」

「あ、あやかし……、花びらの化身……？」

「そう」

彼女が頷き、言葉の遣り取りが出来ることで徐々に恐怖が薄れてきた。

きっとオナニーしながら眠ってしまい、夢を見ているのだと思ったのである。

「千年も立っていた、あの桜の精？」

「ええ、小夜子に拾われたけど、あなたの淫気で姿を得てしまったわ」

彼女が、じっと熱い眼差しを彼に向けて言う。

「へ、平安時代の人と言葉が通じるの……」

「それは、千年も周りを見てきたから」

「名は？　僕は浅井純也」

「桜の君と呼ばれていたけど、今風に桜子《さくらこ》でいいわ」

彼女、桜子が言う。

純也は、彼女が千歳の老婆の姿でなくて良かったと思った。

いや、あやかしに年齢に合った姿などなく、常に女盛りなのかも知れない。

何しろ、毎年若返って花を咲かすのである。

「桜子さんは、僕の淫気で姿を得たと言ったけど……」

「桜子でいいわ。小夜子に拾われても、ずっと紙に挟まれて仕舞われるだけだから、純也が持って来てくれて良かった」

桜子が言う。

してみると、花びらに触れた人の情報を、全て桜子は把握しているのかも知れない。

そして淫気に呼び起こされたと言うだけあり、一向に萎えることなく彼自身は激しく勃起したままだった。

「今まで私の周りで、多くの男女が快楽を分かち合ってきた。その精気を吸って私は長く生きてきたの。今も、純也の淫気で堪《たま》らずに出てきてしまったわ」

言われて、純也はムラムラと射精したい衝動に駆られてきた。

「ふ、触れられるのかな……」

恐る恐る言ったが、桜子はためらいなく彼に迫って手を伸ばしてきた。

しかし、それは触れることなくスッと純也の体の中に入ってきたのである。

やはり、見えるけれど実体がなく、そもそも次元が違うのだろう。

「ああ、残念。でも見ているだけでも興奮する……」

純也は悶々として言い、密室で女性と二人きり、こんなに長く話すのは初めてだと思った。

「でも、情交することは出来るわ」

「え……？」

「私が生身の女に憑依《ひょうい》すれば、その心根を操って純也と肌を重ねられる。私は、その女と純也の、両方の快楽が得られる」

「うわ、それはいい」

「手はじめに明日、由紀子に乗り移って情交しましょう。あの女は体が頑丈で、すごく感じやすそうだから」

桜子が言う。

してみると由紀子も小夜子の研究室で花びらに触れ、桜子は由紀子の情報も得ているようだった。

初体験の相手に、あの颯爽たる由紀子なら申し分ない。

いきなり小夜子では敷居が高いし、真菜は無垢そうだから、自分が少し体験してから手ほどきしてあげたい。

だから健康体の由紀子が、純也にしても桜子にとっても最適なようだった。

「ぜひお願いします。でも、今すぐ抜きたい。見ながらしても構いませんか」

「ええ、私も純也の快楽を得てみたい」

桜子が答え、帯を解いてサラリと白い衣を脱ぐと、見事に均整の取れた白い裸体が現れた。

(うわ、何て色っぽい……)

純也は、自分もTシャツとトランクスを脱ぎ、全裸になって思った。ペニスだけしごけば良いのだが、やはり互いに全裸の方が気分が出る。

触れられないのが辛いところだが、それは由紀子の肉体を借りた明日の楽しみとして、今は見ながら抜きたいのだ。

何しろ、動かないグラビアで抜いてきたのだから、動いて言葉も交わせる桜子を見て抜くのは願ってもないことなのである。

やがて一糸まとわぬ姿の桜子が布団に仰向けになって身を投げ出したので、純也も覆いかぶさって唇を重ねていった。

触れると互いの唇同士が融合するように入り込んでしまうので、触れるか触れないかという距離で迫ると、それでもキスするときの相手の顔の風景を学習することが出来た。

もちろん桜子の吐息も感じられないが、キスの気分だけは味わえた。

そして移動し、桜色の乳首と形良い乳房の膨らみを間近に観察し、艶めかしい和毛《にこげ》のある腋の下を見せてもらい、やがて股間に迫っていった。

「脚を開いて浮かせて、指で割れ目を開いて」

「こう？　アア、恥ずかしいわ……」

言うと素直に桜子は両脚を浮かせ、両側から回した手でグイッと割れ目を広げてくれた。

あやかしだが、見た目は人間そっくりなので、割れ目内部も全て女性そのものになっているようだ。

股間の丘には柔らかそうな恥毛が程よい範囲に茂り、開かれた陰唇の中は綺麗なピンクの柔肉、襞《ひだ》の入り組む膣口が息づき、ポツンとした小さな尿道口も確認できた。

そして包皮の下からは小指の先ほどのクリトリスが、ツンと突き立って真珠色の光沢を放っている。

しかも両脚を浮かせているので、白く豊満な尻の谷間にひっそり閉じられる、可憐な薄桃色の肛門も見えた。

あやかしだから大小の排泄などしないのだろうが、これは千年もの間、桜子が接してきた女性たちの平均的な形状なのかも知れない。

舐めたいが触れられないので、やがて純也は上下入れ替わり、自分が仰向けになった。

「しゃぶって……」

幹をヒクつかせて言うと、桜子が彼の股間に屈み込むと、サラリと長い黒髪が股間を覆った。

温度など感じないはずなのに、見た目に影響されているのか何となく生温かな感じがして、桜子が先端に舌を這わせはじめると、ゾクゾクと快感が突き上がってきた。

舐められている感触はないが、見た目だけでも充分過ぎるほど興奮した。

「ああ、いきそう、こっちへ来て……」

とうとう堪らずに純也が言い、自ら幹をしごきはじめると、桜子も添い寝してきた。すると肌の一部が融合し、触れ合った部分から彼の感覚が桜子の中にも流れ込みはじめたようだ。

「ああ、気持ちいいわね。早く精を放ってみて」

純也の高まりを感じながら桜子が言い、純也は間近に迫る美しい顔を見ながら右手の動きを早め、本当に美女に添い寝されている気分で、たちまち激しい絶頂の快感に全身を貫かれてしまったのだった。

「い、いく、気持ちいい……！」

純也がガクガクと身悶えながら口走り、ありったけの熱いザーメンをドクンドクンと勢いよくほとばしらせると、

「アア、これが男の快楽……、何ていい気持ち……！」

彼の感覚が伝わり、桜子も激しく喘いで身を震わせた。

純也は心置きなく最後の一滴まで出し尽くし、動きを止めてからも、桜子の顔を見上げつつ余韻を味わった。

「ああ、良かった……」

純也は満足して声を洩らした。

女体に触れていないのだから、これは全くオナニーと同じだが、それでも全裸の美女を見ながら射精したので、今までで最高の快感であった。

「すごく良かったけど、これで終わり？　女が気を遣るよりずっと短いのね。でも力が抜けたわ……」

呆気ない終了に桜子が物足りなげに言い、やがて純也の呼吸が整うまで添い寝してくれていたのだった……。

3

（夢だったか……、でも気持ち良かったなあ……）

翌朝、目覚めた純也は爽快感の中で起き上がった。

午前七時半、昔から目覚めは良い方である。

昨夜は、下腹に大量に飛び散ったザーメンを拭くと、全裸のまま布団を被って寝てしまったようだ。

彼は大小の排泄を済ませ、買ってあったインスタントラーメンで朝食を終えると、朝シャワーを浴び歯磨きを済ませて着替えた。

「じゃ、大学へ行きましょう」

「うわ、びっくりした……！」

いきなり桜子が現れて言うので、純也は飛び上がって声を洩らした。

「や、やっぱり夢じゃなかったんだ……」

「ええ、私も早く由紀子に乗り移って、生身の快楽を味わいたいわ」

桜子が言い、やがて八時半に純也はアパートを出た。

これで九時前には大学に着き、初授業が受けられるだろう。

もちろん桜子もフワフワと並んで移動してきたが、その姿は純也以外には見えないらしい。

しかも会話も、人に変に思われないよう心の中で通じ合えるようだ。

大学に着き、純也は一時限目の講義のある教室に入った。

すると真菜も同じ教室らしく、声をかけてきてくれた。

「おはよう。先輩と同じ授業ですね」

「ああ、おはよう。同級生なんだから先輩は止《よ》してタメ口にして」

「ええ、じゃ浅井さんでいいかな」

真菜は笑窪を浮かべて言い、純也の隣の席に着いた。

『この子は、まだ口吸いも知らない完全な無垢よ』

誰からも見えない桜子が、そっと真菜の中に入り込み、得た情報を報告してくれた。

やはり真菜は、まだ完全無垢な処女のようである。

『僕のこと好きかな』

『嫌いではないし、快楽への好奇心もあるけど、まだ本格的な恋心にはなっていないわ。でも三日に一度はオサネを擦ってそれなりの快楽を得ているわ』

桜子が言い、純也は朝っぱらから痛いほど股間が突っ張ってきてしまった。

キスを口吸い、クリトリスをオサネという言葉も興奮をそそった。

『じゃ、私は由紀子の様子を見てくるわね』

やがて桜子は言い、教室を出て行ってしまった。

そして講義が始まったので、純也も集中し、大学生最初の授業を熱心に受けたのだった。

二時限目は、真菜とは別れ、そして昼休みになり、純也は学食で日替わり定食を食べ終えた。真菜は、新しい友人と一緒なのか姿は見えず、あれから桜子も現れなかった。

純也が学食を出ると、そこへ何と由紀子が駆け寄ってきたのである。

「お昼済んだ？　少し付き合って欲しいのだけど」

「ええ、構いません」

言われて、純也は急激に股間を熱くさせながら答えた。

由紀子は早足で進み、彼も懸命に従った。

すると彼女は武道場の方へと行ったのだった。文化系の純也には縁の無い一角である。

それでも皆午後の授業があるだろうから、中はがらんとして誰もいなかった。

由紀子は彼を、女子空手部の部室に誘い込み、入ると彼女は内側からドアをロックした。

中はロッカーが並び、干した空手着や鉄アレイ、隅には仮眠用のベッドまであり、隣にはシャワールームもあるらしい。

それほど広くない室内には、生ぬるい女子部員たちの体臭が濃厚に甘ったるく立ち籠めていた。

純也は、その匂いにムラムラと興奮し、股間が突っ張ってきてしまった。

「どうにも、君のことが忘れられなくて我慢できないの。もしかして、童貞？」

「え、ええ……」

由紀子が熱っぽい眼差しで言い、純也も緊張しながら答えていた。

「私が教えてもいい？」

「う、嬉しいですけど、僕みたいな色白の運動音痴でもいいんですか……？」

「ええ、猛者は見飽きてるから、君みたいなのが新鮮なの。ここは誰も来ないから安心して脱いで」

言うなり由紀子は上着を脱ぎ、ブラウスのボタンを外しはじめた。

もちろん桜子が乗り移って操作しているのだろうが、何やら本当に由紀子が、本心から自分を求めているような気がした。

すると、桜子の声が耳の奥に聞こえてきたのだ。

『由紀子は積極的にするのが好きなので、されるままになっていて』

『うん、分かった……』

彼は心の中で答えた。やはり桜子が操らなければ、こんな良いことなど起きないのだろう。

ただ桜子は由紀子の淫気を煽《あお》るだけで、行動そのものは由紀子本来の衝動に任せるのだろう。

やがて二人とも一糸まとわぬ姿になると、由紀子は均整の取れた肢体を露わにして、新鮮で甘ったるい汗の匂いを漂わせた。

さすがに肩も腕も逞しく、腹筋が段々になり、スラリと長い脚も実に筋肉質で引き締まっていた。

まさかスポーツなど一切苦手な自分の初体験の相手が、アスリートなどとは夢にも思わなかったものだ。

「わ、勃《た》ってるわ。嬉しい。じゃそこに寝て」

由紀子が彼の股間を見て言い、純也も素直にベッドに仰向けになった。

見られるのは恥ずかしかったが、すでに昨夜桜子に見られているので、今は初体験への期待と興奮に全身が包まれていた。

「スベスベで綺麗な肌だわ」

由紀子は覆いかぶさるようにして囁き、手のひらで彼の胸から脇、腹を撫で回してきた。

生身の女性に触れられるのは初めてで、純也は息が弾んで、ピンピンに屹立したペニスが期待にヒクヒクと上下した。

由紀子は顔を移動させ、近々と彼の股間に迫ってきた。

そして指でそっと幹を支え、

「綺麗な色……」

張り詰めた亀頭を見て言うなり、チロリと先端に舌を這わせてきたのである。

「あう……」

昨夜の桜子は舐めるふりだけだったので、純也は初めての感覚に呻き、懸命に肛門を引き締めて暴発を堪《こら》えた。

由紀子は粘液の滲む尿道口をチロチロと舐め、張り詰めた亀頭をくわえると、熱い息を彼の股間に籠もらせながら、モグモグとたぐるように喉の奥まで呑み込んでいった。

そして幹を口で丸く締め付けて吸い、口の中ではクチュクチュと満遍なく舌がからみつき、たちまち彼自身は美女の温かな唾液にまみれて震えた。

さらに由紀子は貪るように吸いながら、顔を上下させてスポスポとリズミカルで強烈な摩擦を開始したのだった。

4

「い、いきそう……」

純也は急激に高まって警告を発すると、すぐに由紀子もスポンと口を離して顔を上げた。

「いいわ、初めてなら観察したいでしょう。上になって」

由紀子が言い、彼が身を起こすと入れ替わりに仰向けになった。

見下ろすと、全身は引き締まっているが乳房は意外に大きくて形良く、息遣いで緩やかに上下していた。

純也は、吸い寄せられるように覆いかぶさり、チュッと乳首に吸い付いて舌で転がしながら、もう片方の乳首に指を這わせた。

「アア……」

由紀子がうっとりと喘ぎ、たまにピクッと肌を震わせて反応した。

本当は、未熟な愛撫をするのが気恥ずかしかったが、由紀子が喘いでくれるので、次第に純也も積極的に行動出来るようになっていった。

『由紀子が知っている男は今までで三人。みな運動系で淡泊、すぐ交接して終わるだけだったので、純也は丁寧にして』

桜子からの助言があった。

もちろん純也も、初めての女体はジックリ味わうつもりだった。昼休みも、まだまだ時間が残っている。

彼は左右の乳首を交互に含んで舐め回し、顔中で膨らみの感触を味わった。

そして、されるままになっている由紀子の腕を差し上げ、腋の下に迫った。

色っぽい腋毛のあった桜子と違い、由紀子の腋はスベスベだが、ジットリと汗に湿っていた。

鼻を埋めて嗅ぐと、甘ったるい汗の味に、ほんのりレモンを混ぜたような匂いが鼻腔を掻き回し、うっとりと胸に沁み込んできた。

（ああ、美女のナマの体臭……）

純也は感激と興奮に包まれながら胸を満たし、腋の下に舌を這わせると、

「あう……」

由紀子が呻き、くすぐったそうにクネクネと悶え、そのたびに新鮮な甘ったるい匂いが立ち昇った。

やがて純也は肌を舐め降り、引き締まった腹筋と形良い臍《へそ》を探り、ピンと張り詰めた下腹に耳を押し当てて弾力を味わった。

奥からは微かに昼食の消化音が聞こえ、やはりあやかしとは違う、生身の女体だと実感した。

そして、いよいよ憧れの股間に向かおうとすると、

『そこは後回し。まだ由紀子は完全に高まっていないから、他を隅々まで』

桜子の助言があった。

確かに、割れ目を嗅いだり舐めたりしたら、すぐ挿入したくなり、あっという間に終わってしまうだろう。

せっかく由紀子が好きにさせてくれているのだから、この際、隅々まで味わうべきだと純也も思った。

股間を避けると、彼は腰から脚を舐め降りていった。

パワーを秘めた脚は引き締まって逞しく、純也は足首まで降りると足裏に回り込んだ。

日頃から、道場の床を踏みしめている足裏は大きくて踵が硬く、足指も太くてしっかりしていた。

純也は足裏に舌を這わせ、指の間にも鼻を押し付けて嗅ぐと、そこは汗と脂に生ぬるく湿り、ムレムレの匂いが濃厚に沁み付いて悩ましく鼻腔が刺激された。

純也は蒸れた匂いに酔いしれてから爪先にしゃぶり付き、順々に指の股に舌を割り込ませて味わっていった。

「く……、ダメよ、汚いのに……」

由紀子がビクリと反応して呻いたが、拒むことはせず、唾液に濡れた指で彼の舌をキュッと挟みつけてきた。

どうやら、今までの三人の男は足指など舐めなかったのだろう。

純也は、両足とも味と匂いを貪り尽くして顔を上げた。

『背中も感じるのよ』

「じゃ、うつ伏せになって下さい」

桜子の助言のまま言うと、由紀子も素直に寝返りを打ってうつ伏せになってくれた。

純也は踵からアキレス腱、脹《ふく》ら脛《はぎ》から汗ばんだヒカガミまで舐め上げ、両脚とも交互に太腿から尻の丸みを辿っていった。

もちろん尻の谷間は後回しで、彼は腰から滑らかな背中を舐め上げていった。

ブラのホック痕は汗の味がし、特にポイントも無いが広い背中を舐め回すと、

「アア……、くすぐったくて、いい気持ち……」

由紀子が顔を伏せて喘ぎ、本当に感じているように狂おしく身悶えた。

やがて肩まで行って髪を掻き分けて甘い匂いを嗅ぎ、耳の裏側の湿り気も嗅いで舐め回した。

由紀子も、恐らく細やかな愛撫を受けるのは初めてらしく、肩をすくめて息を震わせていた。

ようやく味わい尽くすと、純也は再び背中を舐め降り、たまに脇腹にも寄り道してから尻に戻ってきた。

そしてうつ伏せのまま脚を開かせて腹這い、両手でムッチリと尻の谷間を広げて迫った。谷間の奥には薄桃色の蕾が、レモンの先のように僅かに突き出て息づいている。

年中過酷な稽古で力んでいるからなのか、桜子のひっそりした蕾も美しかったが、これはこれで色っぽいと思った。

鼻を埋め込んで蒸れた匂いを嗅ぐと、弾力ある双丘がピッタリと顔中に密着して谷間に鼻がフィットした。

舌を這わせて襞を濡らし、ヌルッと潜り込ませて滑らかな粘膜に触れると、

「あう、ダメ……」

これも初めての体験らしく、由紀子が呻いて言いながら、キュッときつく肛門で舌先を締め付けてきた。

純也は中で舌を蠢かせ、充分に粘膜を味わうと、由紀子が初めての刺激に堪えられず、尻を庇うように寝返りを打ってしまった。

『もういいわ、充分に高まっているので』

桜子が言うと、純也は再び仰向けになった彼女の股間に顔を進め、張りのある内腿を舐め上げて割れ目に迫っていった。

見ると股間の丘には黒々と艶のある恥毛が茂り、割れ目からはみ出した花びらも興奮に色づいていた。

そっと指を当てて陰唇を左右に広げると、微かにクチュッと湿った音がして中身が丸見えになった。

中は綺麗なピンクの柔肉で、全体がヌラヌラと大量の蜜に潤っている。

確かに桜子のように小さな尿道口も見えたが、包皮の下から突き立つクリトリスは実に大きく、親指の先ほどもあって鈍い光沢を放っている。

やはりこの大きなクリトリスが、ボーイッシュで活発な由紀子の力の源のような気がした。

クリトリスも割れ目も肛門も、着衣の上からでは想像も付かず、脱がせてみないと分からないものだと思った。

艶めかしい眺めに見惚《みと》れてから、純也は顔を埋め込んでいった。

柔らかな茂みに鼻を擦りつけて嗅ぐと、隅々には生ぬるく蒸れた汗とオシッコの匂いが籠もり、悩ましく鼻腔が掻き回された。

（ああ、これが生身の女の匂い……）

純也は、貪るように嗅ぎながら興奮を高めていった。

割れ目を舐めはじめると、大量のヌメリは淡い酸味を含み、すぐにもヌラヌラと舌の動きを滑らかにさせた。

彼は襞の入り組む膣口をクチュクチュと掻き回し、柔肉をたどって大きなクリトリスまで舐め上げていった。

「アアッ……、そこ、いい気持ち……！」

由紀子がビクッと顔を仰《の》け反《ぞ》らせて喘ぎ、内腿でムッチリときつく純也の両頬を挟みつけてきたのだった。

5

「そこ、噛んで……」

下腹をヒクヒク波打たせながら、由紀子が口走った。

どうやら激しい運動に明け暮れていたから、微妙なタッチより強い刺激が好きなのかも知れない。

純也は大きな突起をそっと前歯で挟み、小刻みにキュッキュッと嚙みながら、濡れた膣口に指を潜り込ませていった。

これから初体験する膣口は熱く濡れ、中に気持ち良さそうなヒダヒダがあり、吸い付くように指を締め付けてきた。

純也はクリトリスを吸い、歯で刺激しながら指で内壁を擦り、天井の膨らみを指の腹で圧迫した。

「アア……、いいわ、いきそうよ、入れて……」

『早く入れて……』

由紀子が声を上ずらせてせがむと、彼女の中に入り込んでいる桜子も激しく求めてきた。

どうやら、充分過ぎるほど高まったようだ。

純也は割れ目の味と匂いを堪能してから舌と指を引き離し、身を起こして股間を進めていった。

もちろん彼自身も、待ちきれないほど最大限に屹立している。

彼は急角度にそそり立つ幹に指を添え、下向きにさせながら先端を割れ目に擦り付けて潤いを与えた。

そして位置を探るように押し付けていくと、

「もっと下……」

『そう、そこよ……』

由紀子と桜子が同時に言い、張り詰めた亀頭が落とし穴にでも嵌まり込むようにズブリと潜り込んだ。

そのまま潤いに任せ、純也がヌルヌルッと根元まで挿入していくと、

「あう！　いいわ、奥まで感じる……」

由紀子がキュッと締め付けながら言い、彼も完全に股間を密着させて、初めて女体と一つになった感激と快感を噛み締めた。

しかも相手は、昨日知り合ったばかりの美女なのである。

そして初めて、穴の中が上下に締まることを知った。つい陰唇を左右に広げるから、内部も左右に締まると思ったら間違いであった。

由紀子が両手を伸ばし、純也を抱き寄せてきたので、彼も抜けないようぎこちなく両足を伸ばして身を重ねていった。

胸の下では乳房が押し潰れて心地よく弾み、恥毛が擦れ合い、コリコリする恥骨の膨らみも伝わってきた。

完全にのしかかると、由紀子が手で純也の両頬を挟んで引き寄せ、ピッタリと唇を重ねてきた。

心地よい弾力と、ほのかな唾液の湿り気が感じられた。

互いの局部を舐め合い、一つになった最後の最後でファーストキスをするというのも妙なものだが、これは恋愛ではなく性の貪り合いなのだということを象徴しているようだった。

由紀子の鼻息が純也の鼻腔を悩ましく湿らせ、彼女の舌が伸ばされてきた。

彼も歯を開いて舌を触れ合わせ、チロチロと絡み付けると、由紀子の舌は生温かな唾液に濡れ、何とも心地よく蠢いた。

『突いて、強く奥まで何度も……』

桜子がせがみ、純也はぎこちなく小刻みに腰を突き動かしはじめた。

すると由紀子もズンズンと股間を突き上げてあわせると、次第に互いの動きが一致し、リズミカルに動くことが出来た。

何とも心地よい摩擦快感と締め付け、そして律動にあわせてピチャクチャと淫らに湿った摩擦音が聞こえてきた。

たちまち膣内の収縮と潤いが増してくると、

「アア……、いきそうよ、すごいわ……！」

由紀子が口を離し、淫らに唾液の糸を引きながら喘いだ。

純也も、いつしか股間をぶつけるように動きながら、由紀子の口から吐き出される息を嗅いだ。それは熱く湿り気を含み、鼻息からは感じられなかった花粉のような刺激が鼻腔を掻き回した。

あまりの快感に腰の動きが止まらなくなったが、

『もう少し我慢して……』

桜子が大きな波を待つように言い、彼も動きをセーブした。

なるほど、正常位で男が上だと、危うくなると動きを弱めることが出来る利点があるのだった。

そして少し落ち着くと、再び深く突き入れはじめた。

それでも、いよいよ絶頂が迫ってしまい、セーブが利かなくなってきた途端、

「い、いっちゃう、気持ちいい……、アアーッ……！」

『こんなの初めてよ、いいわ、アアーッ……！』

由紀子と桜子が同時に声を上げ、ガクガクと狂おしいオルガスムスの痙攣を開始したのだった。

同時なのも当たり前で、桜子は由紀子の感覚を味わっているのである。

そして純也も、由紀子の収縮に巻き込まれるように、激しく大きな絶頂の快感に全身を貫かれていた。

絶頂が一致したのも、全て桜子の誘導のおかげであった。

「く……！」

純也は快感に呻きながら、熱い大量のザーメンをドクンドクンと勢いよく柔肉の奥にほとばしらせた。

「あう、熱いわ、もっと出して……！」

奥深い部分を直撃され、由紀子は駄目押しの快感を得たように口走り、まるでザーメンを飲み込むようにキュッキュッと締め付け続けた。

やはりオナニーの射精快感とは段違いで、男女がともに快感を得ることこそ最高なのだと純也は実感したのだった。

それにしても、女性のオルガスムスは何と凄まじいものだろうか。

由紀子は彼を乗せたままブリッジするように、何度も腰を跳ね上げていた。

あとは互いに声もなく股間をぶつけ合い、彼も快感を噛み締めながら、心置きなく最後の一滴まで出し尽くしていったのだった。

すっかり満足しながら徐々に動きを弱め、力を抜いていくと、

「ああ……」

由紀子も満足げに喘ぎ、いつしか全身の強ばりを解いて、グッタリと身を投げ出していった。

純也が完全に動きを止めても、まだ膣内の収縮が繰り返され、刺激されるたびに中でヒクヒクと幹が過敏に跳ね上がった。

「あう、もう動かないで……」

由紀子が言い、幹の震えを押さえるようにキュッと締め付けてきた。

やはり女性も絶頂のあとは、全身が射精直後の亀頭のように敏感になっているのだろう。

純也はのしかかったまま、由紀子の吐き出す花粉臭の吐息を胸いっぱいに嗅ぎながら、うっとりと快感の余韻に浸り込んでいった。

「こんなに良かったの初めてよ……、本当に童貞だったの……？」

「ええ、間違いなく初体験です……」

互いに荒い息を混じらせながら話した。

「でも、足の指やお尻の穴を舐めるなんて、信じられないわ……」

「どうしても、してみたかったので。それより中出し大丈夫ですか」

「ええ、ピル飲んでいるから」

由紀子は答え、純也もいつまでも乗っているのは悪いので、そろそろと身を起こして股間を引き離した。

するとと由紀子も、近くにあったティッシュを手にし、彼に渡してから自分も割れ目を拭いた。

「シャワー浴びましょう。そろそろ午後の講義が始まるわ」

由紀子が言い、純也も一緒にベッドを降りた。

そして彼女は、互いの股間を拭ったティッシュをクズ籠ではなく、トイレに流した。クズ籠だと、ザーメンの匂いに気づく女子部員がいるのかも知れない。

そして二人は、ドアの向こうにあるシャワー室に入って湯を浴びた。

「これからも、してくれる?」

「ええ、もちろん。でも僕なんかでいいんですか」

「一番良かったわ。あとでLINEを交換して」

由紀子が言い、やがて流し終えて身体を拭くと、二人は部屋に戻って身繕いをしてLINEを交換した。

そして部室を出ると、二人はそれぞれ講義のある棟へと別れたのである。

『気持ち良すぎて動けないわ……』

桜子が姿を現し、とろんとした眼差しで言い、動けないと言いつつ純也の横をフワフワと移動していた。

どうやら今までも、近くにいる男女の行為中に憑依し、その快感を味わっていたのだろうが、今回が一番だったらしい。

そして純也は、男女両方の絶頂が味わえるのだから、桜子が最も気持ち良かったのだろうなと思ったのだった。

第二章　メガネ美女の熱き誘惑

1

『ね、小夜子に私のことを話して欲しいのだけど』

「え……？」

午後の講義を終えると、桜子が純也に言った。

『あの女は、民俗学の不思議な話を集めているので、きっと私のことも理解してくれるわ。その上で、私がいつまで生きられるか相談して欲しいし』

桜子が言う。すでに快楽の余韻も覚め、自分が人の姿を取れるようになったことなど、多くの疑問を解明したいようだった。

それに桜子は、小夜子と研究室のことに熟知しているのである。

「そう、二人だけの秘密と思っていたけど、桜子がそう言うなら、小夜子先生に話してみるよ」

純也も答えた。もっとも小夜子から桜子は見えないだろうから、純也が通訳をすることになるのだろう。

『あの女は、一人の男しか知らないわ。大学時代と院生の頃まで六年ほど付き合ったけど、男が事故死してからは男嫌いを装って研究一筋に生きているの。だけど、それなりに知った快楽には、どこか未練があるみたい』

桜子に言われ、純也はまた新たな淫気を湧かせてしまった。

由紀子との行為も、休み時間が終わりにならなければ、もう一回続けてしたいぐらいだったのである。

今は、すっかり回復しているし、それに男というものは相手さえ替われば延々と出来るものなのではないだろうか。

純也もすでに体験したのだし、小夜子のような大人の女性にも激しくそそられるものがあった。

「うん、分かった。これから研究室に行こう」

純也は外に出て、研究棟の方へと向かうためキャンパスを横切った。

広場の中央には噴水があり、あちこちで学生がお喋りしたり、帰っていくものなど多くの人がいた。

と、そこへ何と、スキンヘッドの佐野武夫が近づいてきたのである。

「おい、お前。説明会は明日だ。今から名前を書け」

凄んで言った。

どうやら近くに苦手な由紀子もいないし、たまたま純也の顔を見かけて迫ってきたのだろう。

『こいつ邪魔ね』

桜子が言うなり、スッと武夫の中に入り込んだ。

その瞬間、武夫は目を見開いて硬直したかと思うと、いきなり踵《きびす》を返して全速力で走りはじめたのである。

そして、そのまま勢いよく噴水へ飛び込み、中央の柱にゴンと頭をぶつけた。

桜子も、冷たい水は嫌だったようで、武夫が着水する寸前に抜け出して、純也の方へと戻ってきた。

「うぐ……、あぶぶぶ……！」

脳震盪を起こしたように武夫は呻き、そのまま溺れていった。

周りの人たちが驚いて武夫を引き上げたが、全身ずぶ濡れの彼は立ち上がることも出来ず、そのままグッタリと横になって水を吐き出していた。

『放っておきましょう』

桜子は言い、純也も構わず研究棟の方へと行った。

『待って、先にこっちへ』

すると桜子が言い、桜の切り株のところまで進んだ。そして周囲を見回し、桜の木の位置と方角を思い出しながら地面の一画を指した。

『ずいぶん前、ここに金や宝を埋めていたわ』

「へえ、小判でもあるのかな」

『小判より、もっと前だから大した値打ちはないかも知れないけど、ここに埋められていることを言い当てれば、私が桜の精だという証拠にはなるかも』

「なるほど、じゃ小夜子先生に言ってみよう」

純也は答え、あらためて桜子と一緒に階段を上がり、いちばん奥にある小夜子の研究室に行った。

ノックするとすぐに返事があり、開けて入ると今日も奥の机に小夜子一人だけがいた。

今日もサークルの集まる日ではないのだろう。

「ああ、確か」

小夜子が言い、レンズの奥からじっと彼を見つめた。

「新入生の浅井純也です。実は少しお話があるのですが」

「いいわ、今日はもう暇になったから」

言われて近づくと、小夜子が近くの椅子をすすめてくれた。

「で、話とは？」

小夜子が無表情に訊いてくる。

いかにも研究一筋といった雰囲気で、化粧気もないが整った顔立ちと濃い眉が知性と気品を醸し出していた。

「桜の木って、何やら妖しい力を秘めているものなのでしょうか」

純也は、まず順序立てて訊いてみることにした。

すると小夜子も、なぜ純也がそんな質問をするのかという追究もせずに、話しはじめてくれた。

「桜のサは稲穂の神、クラはその神がおわす場所を表す。昔から桜が日本人に好まれるのは、春の到来を告げることと、儚《はかな》く美しいという二つの理由。文学でも梶井基次郎や坂口安吾が取り上げるように、死体が埋まっているとか、吉野や上野など戦場跡に多くの桜が咲くことから、人の命と密接な関係があると言われている。そして散りゆく美学というのが、実に日本人に合っているのだと思う。中には、血を吸って花を咲かせるとか、幹を切ると人の血が出てくる血桜というものもある」

「はあ」

実際は人の血や成分ではなく、快楽を吸って桜子は長く生きているのだが、まだそれを言う段階ではない。

彼の横では、小夜子からは見えない桜子が熱心に耳を傾けていた。

「夜桜で満開の桜を見上げて向こうに月があると、花びらが人の血管のように見えて気が触れる恐れがあるので、酒を飲んで紛らすという説もある。花見は平安頃から流行り、桜を庭に植えるよう推奨したようだ」

小夜子はじっと純也を見つめながら、抑揚のない男言葉で話した。

してみると、桜子の桜もその頃に植えられたものなのだろう。

「浅井、それで何があった」

小夜子はそう言うと口を閉ざし、目を向けながら純也の返事を待った。

どうやら小夜子は、何かあったのだと察していたようだが、それより純也はメガネ美女の准教授に、姓を呼び捨てにされたことに新鮮な悦びを得た。今まで、女性にそのように呼ばれたことはなかったのだ。

「じ、実は、昨日僕は古い桜の花びらを一枚アパートへ持ち帰りました」

「ああ、それは覚えている」

「すると花びらが人の形になり、桜子と名乗り、会話できるのです。今も、ここにいるんですけど」

「なに……」

小夜子は言い、純也の周囲を見回したが何も見えず彼に視線を戻した。

「なぜ君にだけ見えて話せる」

「彼女が言うには、恐らく僕の淫気と波長が合ったらしいのです」

「淫気……、淫らな心か……」

「はあ、そのようです」

「それより、そこに居るなら訊きたい。ここは元々どういう土地か」

小夜子が訊き、純也は頭の中に流れ込む桜子の言葉を伝えた。

「平安時代は、豪族の屋敷の庭だったようです」

「東夷《あずまえびす》か」

「ええ、あとは戦や混乱で転々として持ち主が変わったようですが、あの切り株の近くに宝が埋まっているようです」

「なに、確か大学が出来る前は、爵位を持ったどこかの屋敷跡だったようだが、建築の時にそんなものは埋まっていなかったと思うが」

「桜の周りは掘り返さなかったのでしょうね」

「そうか、宝探しは後日、発掘調査員の知り合いを呼ぶことにして、他に何か証拠となるようなものはないか。浅井の話だけでは、スンナリ受け入れるわけにはゆかん」

　小夜子が言い、もっともだと純也も頷いた。

「実は桜子は、人に憑依できるのです。もっとも、目的は淫気を操って自らも快楽を得るためです。生身の肉体がないので、女性の体を借りて快楽を得るようなのです」

「ふん、もしや浅井が私に淫気を抱いて、回りくどい口説き方を」

　小夜子が言い、唇の端を曲げて、初めて微かな笑みを洩らした。

「そ、そんな男に見えますか、僕が」

「ああ、確かに真面目で奥手そうだ。私の方も、何があろうと全くそんな気は起こらない」

「ならば憑依してみますか。その気になれば桜子の存在の証拠になります」

純也が言うと、小夜子は少し考えてから大きく頷いた。

「いいだろう。ただし行動を起こすのは私の方だけだ。お前に狼藉の気配あれば容赦なく攻撃する。ちなみに私は空手の有段者である」

小夜子が言う。どうやら由紀子が彼女に憧れているのは、同門の先輩という意味もあるからかも知れない。

「分かりました。僕からは何もしませんので」

純也が言うなり、隣にいた桜子がスウッと小夜子の中に入ったのである。

2

「こっちへ来て」

いきなり小夜子が立ち上がって言い、まずは研究室の入口のドアを内側からロックして灯りを消し、さらに奥にあるドアから中に入った。

純也も一緒に入ると、そこは狭い小夜子の私室のようになっていた。

本の黴《かび》の匂いに混じり、小夜子の匂いも甘ったるく混じって室内に立ち籠めていた。

机と本棚、ここにも夥《おびただ》しい研究書が溢れ、ソファが置かれている。

どうやら背もたれが倒せるソファベッドで、たまに仮眠でも取るためにあるのだろう。

「さあ、全て脱いでそこへ仰向けに」

小夜子は言い、思った通り背もたれを倒してベッドにした。

「は、はい……」

純也も頷き、興奮に胸を高鳴らせながら脱いでいった。

まさか同じ日に二人と、昨日会った美女たちと懇ろになれるとは思ってもいなかった。

能面のように無表情なので小夜子の思惑は分からないが、ほんのり頰が紅潮しはじめているようだ。

「約束通り、お前からは何もするな。私が好きなようにするだけだ」

小夜子が言い、自分も黒のタイトスカートを脱ぎ、ブラウスのボタンを外しはじめた。

すでに桜子に操られ、淫気が増大しているのだろうが、自分の心根に反する行為への戸惑いなどは、彼女の冷徹な表情からは窺うことが出来なかった。

たちまち全裸になった純也がベッドに仰向けになると、年中ここで休んでいるらしい小夜子の匂いがほんのり感じられた。

そして小夜子も、ためらいなく最後の一枚まで脱ぎ去ってしまうと、均整の取れた肢体で彼に迫ってきた。

「あ、メガネだけはかけたままでお願いします」

純也は、メガネを外した美しい素顔にも魅力を感じたが、やはり知的な印象のある、最初に見たときのままにしてほしかった。

「メガネの女が好きか。その方が私も見やすくて良い」

小夜子は言ってメガネをかけ、あらためて近づいてきた。

ほっそりと見えたが着痩せするたちなのか、意外にも形良く見事な巨乳ではないか。

乳房が揺れて息づき、色は透けるように白く、きめ細かな肌も実に引き締まって滑らかだった。

恥毛も密集し、案外に毛深いたちなのかも知れない。

もっとも恋人の死後何年も男を遠ざけていたので、ケアなどしていないのではないか。

やがて小夜子がベッドに乗り、スックと立って純也を見下ろしてきた。

「ふん、こんなに勃っている」

小夜子は言うなり、壁に手を突いて身体を支えると、何と片方の足を浮かせてペニスを踏み、グリグリと動かしてきたではないか。

「ああ、気持ちいい……」

純也は心地よい刺激に喘ぎ、踏まれながら幹をヒクつかせた。

『してほしいことある？』

と、小夜子の中から桜子が訊いてきたので、彼も足の裏が舐めたい旨を送信した。以後は、彼が望むだけで桜子が小夜子を操り、思い通りのことをしてくれることだろう。

すると、すぐに小夜子は足を下ろして前進し、仰向けの彼の顔の横に立った。

「さあ、こうしてやろう。萎えたら、そこで止める」

小夜子が言い、自分の意思で動いているかのように、片方の足裏を純也の顔に乗せてきたのである。

小夜子も、なぜ自分がこんなことをしているのかという逡巡も戸惑いも見せずに、まるで自分の意思で行動していると思っているのだろう。あるいは小夜子は元々サディスティックな性癖を持っていたのかも知れない。

もちろん純也自身が望んだことだから、彼は興奮に幹を震わせながら小夜子の足裏に舌を這わせ、

「アア、くすぐったくて気持ちいい……」

小夜子がうっとりと喘ぎ、純也は指の間にも鼻を埋め込んで蒸れた匂いを嗅いだ。それは由紀子よりも濃い匂いで、悩ましい刺激が鼻腔から胸、股間へと伝わってきた。

講義を受け、小夜子に憧れを寄せる男子の誰が、こんな生々しく濃厚な匂いを想像することだろう。

由紀子の時と同じく、ここでも彼は、やはり女性というのは脱がせて触れてみないと分からないものだと思ったのだった。

しかも、さらなる発見があったのである。

小夜子の滑らかな腟には、まばらな体毛があり、それが野趣溢れる魅力となっていた。

やはりケアなどせず、二度と男とセックスなどしないというポリシーで、なりふり構わず研究一筋に生きてきたのかも知れない。

純也は小夜子の爪先にしゃぶり付き、順々に指の股に舌を割り込ませ、汗と脂の湿り気を味わった。

「ああ、こっちも……」

小夜子が喘ぎ、自分から足を交代してきた。

純也は、そちらの新鮮な味と匂いも貪りながら小夜子を見上げた。

いつしか、無表情だった小夜子の表情も、すっかり上気して息が弾み、眉根を寄せてはビクッと反応しはじめていた。

股間を見上げると、すでに割れ目からは大量の愛液が溢れ、内腿にまでネットリと伝い流れているではないか。

やがてしゃぶり尽くすと、小夜子は足を離し、彼の顔の左右に足を置くと、和式トイレスタイルでしゃがみ込んできたのだった。

脚がM字になると、白い内腿と脹ら脛がムッチリと張り詰めて量感を増し、濡れた割れ目が鼻先に迫ってきた。

大股開きのため、割れ目からはみ出した陰唇も開かれ、白っぽい本気汁を滲ませた膣口が息づき、小指の先ほどのクリトリスも愛撫を待つようにツンと突き立って光沢を放っていた。

やがて小夜子が腰を沈め、割れ目を純也の鼻と口に密着させてきた。

しかもグリグリと股間を動かすので、純也の鼻にシャリシャリと柔らかな茂みが擦られ、蒸れた汗とオシッコの匂いが鼻腔を掻き回した。

由紀子の匂いに似た成分だが、小夜子の方が濃く感じられた。

彼は匂いに酔いしれながら舌を這わせ、淡い酸味のヌメリをすすり、息づく膣口からクリトリスまで舐め上げていった。

「アア、いい気持ち……」

小夜子がクネクネと身悶えながら喘いだ。

力が抜けるとギュッと顔中に股間が覆いかぶさり、彼は心地よい窒息感の中で懸命に舌を這わせた。

『お、お尻も舐めたい……』

純也が桜子に思いを告げると、小夜子は自分から股間を移動させ、尻の谷間を彼の鼻に押し付けてきた。

小夜子の肛門は、突き出た由紀子のものより可憐で色合いも淡く、鼻を埋めて嗅いでも微かに蒸れた汗の匂いが感じられるだけだった。

やはり細かなケアなどしていなくても、シャワー付きトイレなら生々しい匂いなどしないのも当然であろう。

舌を這わせて襞を濡らし、ヌルッと潜り込ませると、

「あう、変な気持ち……」

小夜子が呻き、モグモグと舌を味わうように肛門で締め付けてきた。

あるいは、長く付き合った恋人も、ここは舐めていなかったのかも知れない。

世間一般とは、そんなものなのだろうか。どこもかしこも味わいたいと思っていた純也には、信じられない思いだった。

滑らかな粘膜は、ほんのり甘苦い味覚があり、彼が舌を出し入れさせるように動かすと、

「ここを、もう一度」

小夜子は言って自分から位置を戻し、再び濡れた割れ目を押し付けてきた。

純也は大量の愛液をすすり、クリトリスに吸い付いては懸命に舌を這わせた。

小夜子の下腹がヒクヒクと波打ち、彼女は自ら乳房を揉みしだきながら、次第にガクガクと身悶えはじめていった。

彼は顔中に割れ目を擦り付けられ、愛液でヌルヌルにまみれながら、勃起した先端から粘液を滲ませたのだった。

3

「アア、私は、何をしているのか……」

たまに我に返るように小夜子は言ったが、すっかり高まった肉体の疼きはどうにもならないようだ。

やがて彼女は股間を引き離し、仰向けの純也の股間に移動していった。

そして純也の両脚を浮かせると、屈み込んだ小夜子は何と、自分がされたように彼の肛門をチロチロと舐めてくれたのである。

熱い息が股間に籠もり、さらにヌルッと舌が浅く潜り込むと、

「あう、気持ちいい……！」

純也は妖しい快感に呻き、キュッキュッと肛門で美女の舌先を締め付けた。

小夜子が鼻息で陰嚢をくすぐりながら舌を蠢かせると、まるで内側から刺激されるように、勃起した幹がヒクヒクと上下した。

ようやく小夜子は彼の脚を下ろして舌を離すと、鼻先にある陰嚢にしゃぶり付いてきた。

二つの睾丸を舌で転がされると、ここも実に新鮮な快感があった。

たまにチュッと強く吸い付かれると、急所だけに彼はウッと呻き、思わず腰を浮かせたものだった。

やがて袋全体が生温かな唾液にまみれると、小夜子は前進し、肉棒の裏側をゆっくり舐め上げてきた。

滑らかな舌が先端まで来ると、彼女はそっと幹を支え、尿道口から滲む粘液をペロペロと味わい、張り詰めた亀頭をくわえ、そのままスッポリと根元まで呑み込んでいった。

「アア……」

純也は快感に喘ぎ、美女の口の中で幹を震わせた。

小夜子は付け根を口で丸く締め付けて吸い、熱い鼻息で恥毛をくすぐった。

口の中ではクチュクチュと舌がからみつき、たちまち彼自身は美女の温かな唾液にどっぷりと浸った。

快感に任せ、思わずズンズンと股間を突き上げると、

「ンン……」

喉の奥を突かれた小夜子が小さく呻き、新たな唾液がたっぷりと溢れ、それが陰嚢の脇を伝い流れて肛門まで生温かく濡らしてきた。

股間を見ると、メガネの知的美女がお行儀悪くペニスを貪っている。

その姿だけで、彼は危うく漏らしそうになってしまった。

そして小夜子が顔を上下させ、スポスポとリズミカルな摩擦を開始すると、

「い、いきそう……」

高まった純也は懸命に堪えて口走った。

すると小夜子はスポンと口を離し、身を起こして前進してきたのだ。

やはり口に出されるより、一つになりたいのだろう。

「いい？　なるべく我慢するのよ」

小夜子は純也の股間に跨がって言い、唾液にまみれた先端に濡れた割れ目を押し付けてきた。

自ら指で陰唇を広げて先端を膣口に当てると、息を詰めてゆっくり腰を沈み込

ませていった。

張り詰めた亀頭が潜り込むと、あとは潤いと重みでヌルヌルッと滑らかにペニスは根元まで呑み込まれていった。

「アアッ……、奥まで届くわ……」

完全に座り込み、股間を密着させた小夜子が、顔を仰け反らせて喘ぎ、味わうようにキュッキュッと締め上げてきた。

あるいは、唯一の恋人は純也より短かったのかも知れない。

純也も、温もりと潤い、肉襞の摩擦と締め付けに包まれ、懸命に奥歯を嚙み締めて絶頂を堪えていた。

小夜子はそのまま身を重ね、まだ腰は動かさず、胸を突き出して彼の口に乳首を押し付けてきた。

純也もチュッと吸い付き、顔中に密着する巨乳の膨らみと感触を味わった。

そして左右の乳首を交互に含んで舐め回すと、初めて彼は自分から動き、小夜子の腋の下に鼻を埋め込んでいった。

すると何と、そこには色っぽい腋毛が煙っていたのである。

まるで昭和時代の美女を相手にしているようだ。

甘ったるい汗の匂いは由紀子よりも濃く、悩ましく鼻腔を満たしてきた。

そして両の乳首と腋を存分に味わうと、ようやく小夜子は徐々に腰を動かしはじめた。

純也も下から両手でしがみつき、合わせて股間を突き上げはじめた。

「膝を立てて、動いて抜けるといけないから」

小夜子が囁き、彼も両膝を立てて豊満な尻を支えた。

「アア、いい気持ち……」

小夜子は緩急をつけながら腰を遣い、久々のセックスを堪能しているようだ。

そして上から顔を迫らせ、ピッタリと唇を重ねてきた。

ここでも、キスは最後になってしまった。

すぐにも小夜子の舌が潜り込み、純也は美女の息で鼻腔を湿らせながらチロチロと舌をからめ、滴る唾液でうっとりと喉を潤した。

混じり合った熱い息がレンズを曇らせ、小夜子は次第に激しく腰を遣いながら収縮と潤いを活発にさせていった。

純也も下からズンズンと股間を動かすと、

「アア……、い、いきそう……」

『すごいわ、茶臼（女上位）がこんなに感じるなんて……』

小夜子と桜子が同時に喘いだ。

唇を離すと、小夜子の口から燃えるように熱い吐息が洩れ、白粉に似た濃厚な刺激が純也の鼻腔を満たしてきた。

（ああ、これが大人の女の匂い……）

純也は嗅ぎながらうっとりと酔いしれ、ケアしていないナマの吐息に絶頂を迫らせた。やはり刺激が濃いほどギャップ萌えのような興奮が湧き、無臭やハッカ臭などよりずっと良いのだった。

彼は小夜子の喘ぐ口に鼻を押し込み、濃厚な吐息を嗅いで胸を満たすと、彼女もヌラヌラと舌を這わせて鼻をしゃぶってくれた。

（い、いきそう……）

『もう少し我慢して、すぐに小夜子も果てるから』

純也が高まって言うと、桜子が答え、彼も懸命に絶頂を堪えながら股間を突き上げ続けた。

（も、もうダメだあ……！）

純也は、とうとう降参してしまった。

正常位なら自分から動きの緩急がつけられるが、何しろ上にいる小夜子の律動が激しいし、重みと温もり、密着する乳房や吐息の匂いがあまりに強烈だったのである。

『ああ、もう少しだけ……』

桜子が言ったが、もう遅く、純也は激しい絶頂の快感に包まれてしまった。

「い、いく、気持ちいい……！」

純也は口走りながら、熱い大量のザーメンをドクンドクンと勢いよくほとばしらせてしまった。

すると、奥深い部分を直撃され、辛うじて小夜子もオルガスムスのスイッチが入ったように、

「い、いく……、アアーッ……！」

小夜子が声を上ずらせ、ガクガクと狂おしい痙攣を開始したのだった。

膣内の収縮も最高潮になり、まるで彼の全身が吸い込まれていくようだった。

『すごいわ……、あぁッ……』

桜子も、小夜子の絶頂を共有して喘いだ。

純也は心ゆくまで快感を嚙み締め、最後の一滴まで出し尽くしていった。

すっかり満足しながら突き上げを弱めていくと、

「アア……」

小夜子も声を洩らすと、力尽きたように肌の強ばりを解いてグッタリともたれかかってきた。

互いの動きが完全に停まっても、まだ膣内はキュッキュッと名残惜しげな収縮が繰り返され、刺激された幹が中でヒクヒクと上下した。

そして純也は、美女の重みと温もりを受け止め、小夜子の吐き出す濃厚な白粉臭の息を胸いっぱいに嗅ぎながら、うっとりと余韻を味わったのだった。

「中でいけたの初めてよ……」

小夜子が荒い息遣いとともに囁く。

膣感覚によるオルガスムスが初めてということは、今までは早めに彼が果ててしまい、小夜子も、あと一歩というところで絶頂が得られないままだったのだろう。

やがて呼吸を整えても、まだ力が入らないように小夜子は重なったままで、彼自身も萎えずに嵌まり込んだままだった。

「私から男を求めるなんて有り得ないので、やはり桜子が本当に憑依したのだろう。彼女も、感じていたのか」

「ええ、すごく良かったようです」

純也は答え、確かに桜子がまだ小夜子の中に入ったまままうっとりと余韻に浸り込んでいるようだった。

4

「まさか、一回りばかり年下の男としてしまうなんて……」

小夜子は、ようやくそろそろと身を起こしながら言ったが、それでも後悔した様子もないので純也は安心したものだった。

小夜子は股間を引き離すと、手を伸ばしてティッシュの箱を取り、まだ起きる気になれないように添い寝した。

そしてティッシュで自ら割れ目を拭い、純也も一枚手にしてペニスを拭いた。

互いに処理を終えると、まだ離れる気にならず、純也は甘えるように小夜子に腕枕してもらった。

「お前、桜子に協力してもらって、他の誰かとしたか?」

小夜子が彼を胸に抱きながら、鋭いことを訊いてきた。

とぼけようと思ったが、レンズ越しの眼差しを間近に受けると嘘が言えなくなってしまった。

それに桜子の秘密を打ち明けたのだから、他のことも小夜子に隠し事をしてはいけない気がしたのである。

「実は今日、由紀子さんとしちゃいました。それが僕の初体験でした」

「矢竹か。あれは両刀のような部分があり、ずっと私に女同士の好意を持っていたようだから、それで気持ちがお前に向くのなら助かる」

純也が言うと、小夜子が答えた。

どうやら由紀子の、小夜子への信奉は同性愛ふうなもので、小夜子も少々煩わしく思っていたのかも知れない。

確かに、ボーイッシュでクリトリスも大きな由紀子は、両刀と言われると納得してしまった。

しかし目の前では巨乳が息づき、そんな会話を交わしながらかぐわしい吐息を嗅いでいると、すぐにも彼自身はムクムクと回復してきてしまった。

昼休みには由紀子としたし、今も小夜子と済んだばかりなのだが、今まで三回連続で抜いたこともあるので、せっかく生身がいるときに少しでも多く快感を得たかったのである。

「ね、もう一回したい……」

「私はもう充分。またいったら動けなくなる」

「じゃ、自分の指でするので、こうして抱いていて」

純也が言い、自分でペニスをしごこうとすると、、先に小夜子が手のひらでやんわりとペニスを包み込んでくれたのだ。

どうやら、まだ彼女の中に桜子がいて、小夜子の肉体を操作してくれているようだ。

「こんな動かし方で良いか」

「ええ、気持ちいい……」

小夜子が囁き、ぎこちないながらニギニギとリズミカルに指を動かしはじめてくれた。

たちまち彼自身は、小夜子の手の中で完全に元の硬さと大きさを取り戻していった。

『キスしたい……』

純也が心の中で桜子にせがむと、すぐに小夜子が幹を愛撫しながら、腕枕したまま上から覆いかぶさるようにピッタリと唇を重ねてくれた。

そしてネットリと舌をからめ、熱い息で鼻腔を湿らせながら高まると、

『唾を出して、いっぱい』

さらにせがんだ。すると小夜子は大量に唾液を分泌させ、口移しにトロトロと注ぎ込んでくれたのだ。

生温かく小泡の多い美女の唾液を味わい、うっとりと喉を潤すと、たちまち彼は絶頂を迫らせていった。

すると、小夜子が腕枕を解き、顔を移動させていったのだ。

「指より、この方が気持ち良いだろう」

小夜子が、大股開きにさせた彼の股間に腹這いになって言った。

そして張り詰めた亀頭をパクッとくわえ、口の中でチロチロと舌を左右に動かしはじめてくれたのである。

「ああ、気持ちいい……」

純也は、まるで全身を含まれたような快感に喘いだ。

さっき済んだときティッシュで拭いただけなので、まだザーメンや愛液の湿り

気は残っているだろうに、小夜子は構わず激しくおしゃぶりをして、顔を上下させてスポスポと強烈な摩擦を開始した。

これも桜子が操っているのだろうが、口に出して良いものだろうかと彼は少々ためらった。

しかしリズミカルな摩擦に高まり、純也は急激に絶頂を迫らせてしまった。

「い、いきそう……、出していいんですか……」

彼は息を詰めて口走ったが、小夜子は一向に濃厚なフェラチオを止めようとしなかった。

たちまち純也は、電撃のように大きな絶頂の快感に全身を貫かれてしまった。

「い、いく……、アアッ……！」

彼は口走り、ありったけの熱いザーメンをドクンドクンと勢いよくほとばしらせた。何度射精しても、その快感とザーメンの量は変わらないようだ。

「ク……、ンン……」

喉の奥に噴出を受けると小夜子は小さく呻いたが、それでも噎せることなく、なおも舌の蠢きと吸引、摩擦を続行してくれた。

しかも射精と同時に小夜子が上気した頰をすぼめ、チューッと吸い出してくれたのだ。

「あう、すごい……」

純也は腰を浮かせて呻いた。

何やらドクドクと脈打つリズムが無視され陰嚢から直にザーメンが吸い出され、ペニスがストローと化したかのようだ。

だから純也も、小夜子の口を汚してしまったという思いよりも、彼女の意思で吸い出された感が強かった。

これは、オナニーでは得られない快感である。

彼は魂まで吸い取られる心地で、最後の一滴まで心置きなく出し尽くしてグッタリと身を投げ出した。

純也が力を抜くと、小夜子も動きを止め、亀頭をくわえたまま口に溜まったザーメンをゴクリと一息に飲み干してくれたのだ。

「あう……」

喉が鳴ると同時に口腔がキュッと締まり、彼は駄目押しの快感に呻いた。

ようやく、小夜子がスポンと口を引き離した。

そしてなおも余りを絞り出すように幹をしごき、尿道口に脹らむ白濁の雫までペロペロと丁寧に舐め取ってくれたのである。

「あうう……、も、もういいです、ありがとうございます……」

純也は降参するように腰をよじって呻き、幹を過敏にヒクヒクと震わせた。

小夜子も顔を上げ、チロリと淫らに舌なめずりした。

「私が飲むなんて信じられない。やはり桜子が入っているのだな……」

彼女が言い、純也の呼吸が整うまで再び添い寝してくれた。

純也も胸に抱きつき、小夜子の白粉臭の吐息を嗅ぎながら、うっとりと余韻を噛み締めたのだった。

「そろそろ出てもらっていいか」

「ええ……」

小夜子が言い、彼が答えるとスッと桜子が出てきた。

「ああ、何やら身が軽くなった気がする。それにしても、後悔の気持ちは全く起きないようだ」

小夜子が、自身の心の中を観察しながら言った。

やがて、ようやく彼の呼吸が整うと、小夜子もベッドを降りて身繕いをした。

シャワーなどは、帰宅してからにするのだろう。あとで聞くと、近い場所にマンションがあるようだ。

純也も身を起こして服を着ると、二人で奥の私室を出て研究室に戻った。

そして小夜子がパソコンでメールすると、すぐ返事があったようだ。

「知り合いの発掘調査員が、明日の午後なら空いているようだ」

「そうですか。じゃ僕も立ち会うので呼んで下さい」

彼は答え、小夜子ともＬＩＮＥの交換をしておいた。

やがて二人で研究棟を出ると、すっかり日が暮れている。

小夜子は自宅マンションに帰り、純也はアパートに戻ったのだった。

『由紀子よりも良かったわ』

歩きながら、桜子が話しかけてくる。

『次は、真菜という小娘かしら？』

「いや、あの子は何とか自分の力で攻略してみたいので、少し様子を見させてほしい」

言われて、純也はそう答えていた。

いつも桜子の手助けばかりでは、自分が成長しないと思ったのである。

『そう、でもしたい子がいればいつでも言って』

桜子が言う。

彼女も、一人の女に憑依しっぱなしで純也とするよりも、様々なタイプの女の快感を味わいたいのだろう。

純也は夕食を作って食べ、学生らしく予習復習もしておいた。

その夜、純也はさすがに桜子を見ながらのオナニーは控え、由紀子と小夜子、二人の女性と三度の射精を思い出しながら眠りについたのだった。

5

「よろしくお願いします。調査員の新藤《しんどう》です」

翌日、全ての講義を終えた純也に小夜子からのLINEが入ったので、彼はすぐに桜の切り株に出向いた。

すると、一人の作業着の女性が挨拶し、名刺を渡してきた。

見ると『東都文化センター、発掘調査員、新藤小百合《さゆり》』とある。

二十代後半で、小夜子とは以前からの知り合いらしい。

力仕事も得意らしく、由紀子よりがっしりした体型をしているが、ボブカットで、なかなかの美形ではないか。

純也も、発掘するのが女性とは思わなかったが、最近は、男の職場にも女性の進出が著しいのだろう。

「どこを掘りますか」

小百合が言い、小夜子も促すように純也を見た。

「ええと、切り株から東に二尺、いや、六十センチぐらいですね」

純也は、桜子の伝えるままに言った。

桜子の言葉では、桜が散る頃に日が昇る方向だというので、今とほぼ同じ季節だろう。

すると小百合がポケットから磁石を取り出し、切り株の中心から正確に東へ六十センチほど進んだ。

と、そこへ渋い三つ揃いを着た初老の男が近づいてきた。

「何を掘ろうというのだね」

男が言う。

小夜子に聞くと、どうやら考古学教授らしい。

小夜子が発掘することを事務局へ許可をもらいに行ったので、それを聞きつけて来たのだろう。

「平安時代の宝だそうです」

「ふん、その根拠は？」

「この学生に、夢のお告げがあったそうですから」

小夜子が純也を指して言う。小夜子とこの教授は、あまり折り合いが良くないのだろう。

桜子のことは、二人だけの秘密と約束していたのだ。

「へっ、民俗学は不思議な話ばかり集めると言うが、夢で宝が出れば、考古学の科学データなんて要らなくなるな」

教授は馬鹿にしたように言い、それでもお手並み拝見といった感じでその場に残った。

「ここでいいですか」

「ええ、その辺りです。深さも二尺ぐらいと思います」

「そう、ピンポイントならばすぐだわ」

純也が言うと小百合は答え、すぐにも手際よくスコップを遣いはじめた。

研究棟と、学生寮の間にある塀の際で、あまり日当たりが良くないため、土もそれほど硬くないようだ。

やがて小百合が疲れも見せず四十センチほど掘り下げると、カチンと固いものにぶつかる音がした。

「これかしら」

小百合が言ってスコップから、片手で使う熊手のようなものに替えると、土に腹這いになって穴の中を丁寧に掘りはじめた。

慣れた手つきだが、さすがに汗ばんでいるのか小百合からは甘ったるい匂いが生ぬるく漂ってきた。

「そんなに早く見つかるわけないだろう。お前が埋めておいたんじゃないか」

教授は苦笑し、純也の方を見て言った。

「壺ですね。木の蓋も油紙も朽ちています」

「なに……」

小百合の言葉に、教授も眉を段違いにして覗き込んできた。

とにかく小百合は周囲の土を掘り起こし、ようやく両手に壺を抱えて土に座り込み、目の前に置いた。

土に汚れた、高さ三十センチほどの壺で、丸い広口を見ると中にはボロボロになった布が詰められていた。

『これだわ。間違いない』

桜子が言い、懐かしげに壺を見た。

「骨壺ではないな……、古常滑《ことこなめ》か……」

小百合が刷毛で土を払うと、教授が壺を見て言い、さすがに用意してきたのかポケットから出した白手袋をした。

そして内ポケットからメガネを出してかけると、布を取り出し、中を覗き込んで注意深く取り出しはじめた。

「刀子《とうす》、硯、小振りの銅鏡、これは木造の観音像、あとは銅銭が山ほど、富寿神宝《ふじゅしんぽう》か……」

教授が一つ一つ見て言い、小夜子も純也も覗き込んだ。

小物の他は、丸に四角の穴のある銅銭がぎっしり詰まっている。

「ビタ銭（粗悪な銭）とはいえ、これだけ数多く出ると貴重だな。そして最も高価そうなのは、この壺だ」

教授が言い、やがて顔を上げて純也を見た。

「お前が埋めたなどと言って済まなかった。確かにこれは、平安期に埋められたものに間違いない」

教授が言い、純也が補足した。

「恐らくここに屋敷のあった豪族が、戦になるので、値打ちのありそうなものを急いで集めて埋めたものの、そのまま滅んで代が替わってしまったのでしょう」

「ふむ、儂《わし》もそうだと思う。都でもないし、当時は金《きん》などなく、ほとんどは物々交換だ。流通は銅銭が主で、この小物だけでも豪族には精一杯だったに違いない」

教授は立ち上がって言い、小夜子に頭を下げた。

「これは考古学教室で詳しく調べたい。お借りしてよろしいか」

「ええ、もちろん、最初からそのつもりでしたので」

小夜子が答えると、教授は出したものを丁寧に壺へと戻し、今度はポケットから風呂敷を出して壺を包むと抱え上げた。

「では、分かったことはあとで報告する」

教授はそう言い、自分の研究室のある棟へと立ち去っていった。

その間に、小百合は掘った穴を埋め終わっていた。

「ね、君」

作業を終えた小百合が、純也を見て言う。

「浅井と言います」

「浅井君、どうしてここにあると分かったの」

「夢のお告げです」

「本当にそうならすごいわ。私たち調査員は、科学データの考古学と違って、勘に頼るところが大きいのよ。また何か埋まっているのが分かったら教えて欲しいわ。連絡先を教えて」

「ええ、分かりました」

純也は答え、小百合とＬＩＮＥ交換をした。

すると、小百合は片付けた機材をまとめて担ぎ上げ、

「じゃ、またね、小夜子さん」

そう言い、てきぱきと早足に歩き去って行った。

「本当に出たわね」

二人になり、小夜子が嘆息して純也に言う。もちろんもう一人、桜子もそこにいる。

「価値があるものでしょうか」

「古いだけでも、残っていたのだから大したものだわ。でも大学の敷地だから売るわけにいかないし、良くて博物館に寄贈でしょうね」

小夜子が、あまり欲はなさそうに答え、あとは教授の報告を待つばかりなのだろう。

やがて小夜子は、まだ仕事があると言って研究室に戻り、純也は帰ろうとしてキャンパスを横切ろうとした。

『純也、あっち！』

と、いきなり桜子が声を上げた。

「なに？」

『由紀子が大変、襲われてるわ！』

「ええっ？」

言われて驚き、純也は桜子の導く方へと駆け出した。

どうやら桜子は、一度憑依した相手は、離れていても動静が伝わってくるらしいのだ。

純也は武道場の方へ行き、少し裏に外れた体育倉庫らしき建物に向かった。

周囲は人けのない一角である。

ドアは施錠されておらず、純也が中に飛び込むと、何とマットの上に由紀子が倒れ、その前に立った男が振り返った。

何と、目出し帽を脱いだばかりの武夫で、その手にはスタンガンらしきものが握られているではないか。

純也は、桜子がいるので恐れることなく一歩前へ進んだ。

第三章　好奇心に濡れる美少女

1

「て、てめえ！　邪魔しに来やがったか……！」

武夫が怒鳴り、憎々しげに顔を歪めて純也に迫ってきた。

目出し帽を脱いだばかりで、顔を見られてしまった以上やけくそになっているのだろう。スキンヘッドの額が赤くなっているのは、先日、噴水の柱に強打した名残らしい。

どうやら前から苦手意識を持っていた由紀子を、何か理由をつけて倉庫へ呼び出し、目出し帽で顔を隠してスタンガンで襲ったようだった。

やはり、苦手意識と性欲は別物らしい。

しかも単細胞らしく、体を奪ってしまえば、あとでどうにでもなると思っていたようだ。

その証拠に、由紀子が倒れているマットに向けたスマホで動画が撮られていたのである。この画像をネタに強請《ゆす》って口外させず、今後とも良い思いをしようというのだろう。

そして由紀子がスタンガンで昏倒したので、目出し帽を脱いで犯そうとしたところへ純也が飛び込んできたのである。

武夫は空手の技ではなく、スタンガンを純也に向けてきた。

すると、その武夫に桜子がスッと入り込むと同時に、武夫は自分の首筋にスタンガンを押し当ててスイッチを入れたのだ。

もちろん自分も痺れる寸前に、桜子は抜け出していた。

「ぐわッ……！」

武夫は奇声を発して白目を剝き、そのまま床に崩れ落ちた。

ご丁寧に犯人の証拠であるスタンガンを右手に、左手には目出し帽を握り締めたままである。

純也は倒れている由紀子に近づき、

「由紀子さん、しっかり……」

声をかけて肩を揺すったが、彼女は一向に目を覚まさない。

目を閉じて無防備になった由紀子を見て、純也も少し淫気を湧かせてしまったが、武夫と同じことをするわけにいかない。

純也はスマホを出し、小夜子に電話するとすぐに出てくれた。

「はい、どうしたの」

「あの、由紀子さんが気絶しています。不良学生にスタンガンで」

「何ですって？　場所はどこ！」

「武道場の裏手の方にある体育倉庫です」

「分かった。すぐ行くから通報は待って」

「はい、分かりました」

純也は答えてスマホをしまい、マットに寝ている由紀子と、床に倒れている武夫を見下ろした。

武夫も、完全に気を失っているので、あるいはスタンガンは高電圧の特注品だったのかも知れない。

そして武夫が録画しているスマホを確認してみると、確かに由紀子の背後から目出し帽の奴が襲って倒し、犯そうと目出し帽を脱いだところで純也が入ってきたところが映っていた。

武夫が自分でスタンガンで倒れるところは、ちょうど純也の陰になり、揉み合ううち誤って自分で痺れたように見えなくもない。

やがてドアを開けて待つうち、小夜子がやってきた。

しかも小夜子は純也の言うことを完全に信じ、走りながらスマホで呼び出したか、事務局の男を同行させていたのだ。

「こ、これは……」

男が、倒れている二人を見て絶句した。

「見た通り、スタンガンで彼女を眠らせて、犯そうとしたところへ僕が飛び込んだんです。組み合ううち、奴のスタンガンを首筋に当てました」

「そ、そうか……」

事務局の男は、華奢な純也が大柄なスキンヘッドの猛者と組み合ったことが信じられないように言葉を呑んだが、見た通り、武夫はスタンガンと目出し帽を握っているし、二人が目を覚ませば全て分かることだった。

もちろん小夜子は、桜子の手助けがあったことを察しただろうが黙っていた。

「とにかく、二人を保健室へ」

男は言い、すぐスマホで人を呼んで担架を二つ運ぶよう言いつけた。

「この人たちは知ってますか？」

男が訊くと、小夜子が答えた。

「うちのゼミで四年生の矢竹由紀子」

「男は、空手部三年の佐野武夫です」

純也が引き継いで言うと、男は手帳にメモした。

「で、発見者の君は？」

「一年生、浅井純也です」

彼はそれもメモし、とにかく担架が来るのを待った。

やはり学内で起きたことだから、すぐ警察を呼ぶわけにいかず、上と協議しなければならないのだろう。

それに由紀子が訴えるかどうか、確認も必要に違いない。

やがて係員が担架を二つ持ってきて、二人を乗せると、他の学生に見られないよう二人の顔と身体には毛布を被せた。

いちおう由紀子とは知り合いなので、小夜子と純也も従った。

そして本館の一階にある保健室に入ると、皆は由紀子と武夫を、それぞれ一番離れたベッドに寝かせた。

「じゃ、待ってて下さい」

事務局の男が言って出ていこうとしたので、

「あの、これ、奴のスマホですが撮っていた動画が入っているので、傷害の証拠になると思います」

純也は武夫のスマホを渡した。

「分かりました。では」

受け取った男は言い、上に報せるため保健室を出て行った。

「録画まで、何て卑劣な……」

小夜子が言うと、桜子がスッと寝ている由紀子の中に入り込んだ。

すると、すぐに由紀子は目を覚まし、出てきた桜子が言った。

『大丈夫、そんなに傷ついていないみたい』

やはり心身が丈夫に出来ているので、少々のことで由紀子は動じないようだ。

「あ……、私は……」

目を開いた由紀子が言って半身を起こし、うなじに手を当てた。そこが少し赤くなっているので、スタンガンを押し当てられた場所だろう。

「大丈夫ですか」

「いったい何が……」

純也が訊くと、由紀子は記憶を辿りながら答えたが、あまりよく覚えていないようだ。

「空手部女子の一年生が、倉庫で倒れているってメールが入ったので、急いで行ってみると、うなじがチクッとして、あとは何が何だか……」

「佐野がスタンガンであなたを眠らせ、犯そうとしたのよ。そこへ浅井が飛び込んで助けた」

小夜子が由紀子に言うと、彼女は周囲を見回した。

端のベッドでは、武夫が大鼾《おおいびき》をかいて眠り、枕元には証拠品のスタンガンと目出し帽が置かれている。

「あ、あいつ……！」

由紀子が激昂してベッドを降りようとするので、小夜子と純也が止めた。

と、そこへ事務局の男が、数人の大学関係者を伴って戻ってきた。

すでに全員が、スマホの画像を確認したように眉を険しくさせて武夫を取り囲んだ。

「おい、起きろ、佐野！」

ガタイの良い中年男が、容赦なく武夫の頬を叩いて言った。どうやら空手部の顧問らしい。

するとと武夫も目を開き、要領を得ないまま半身を起こして周囲を見回した。

「お前、とんでもないことをしたな！」

顧問が言い、由紀子を振り返った。

「矢竹、どうする。告訴するか」

「ええ、もちろん。何の罰もなければ再犯するでしょうから、牢屋の中で反省させましょう」

訊かれて、由紀子はきっぱりと答えた。

「分かった。ならば警察に通報する」

「ちょ、ちょっと待ってくれよ、何のことだ……」

武夫が戸惑いながら顧問に言ったが、一同は冷ややかに見つめるばかりで、やがて意を決したように顧問が通報した。

もちろん大学の名折れになるので、大っぴらにされないよう配慮はするのだろう。恐らく、先に退学を言い渡してから武夫が逮捕されれば、大学名は報道されずに済む。

それに武夫は、新入生を不当に苛《いじ》めるなど何かと余罪もありそうだった。

そこで純也は、桜子に聞いたことも話しておいた。

「こいつは春休み、酔って桜の木を蹴って倒壊の危機に陥れました。その様子も仲間のスマホに録画されているはずです」

「なに、千年桜を切る羽目になった原因も佐野か」

顧問が言い、武夫の仲間のスマホも確認することを約束してくれた。

桜子も何度か武夫に憑依したので、奴の記憶をたぐったのだろう。

やがて警察の関係者が入ってきた。顧問の願い通り、覆面パトカーでサイレンを鳴らさずに来てくれたらしい。

「お、俺は何もしてねえぞ……」

手錠はされないものの、喚いてもがく武夫が刑事たちに連行され、証拠品も持って行かれた。

そして一人の刑事が、由紀子に向かって言う。

「あなたは、今日はゆっくり休んで下さい。明日にでも詳しい事情を聞きに参りますので」

「分かりました。お願いします」

由紀子が言って携帯番号を教えると、刑事たちは引き上げていった。

「歩けるなら帰りましょう」

「うん、大丈夫」

純也が言うと由紀子も答え、ベッドを降りて手足を屈伸させた。

本館を出ると、由紀子のハイツは小夜子のマンションに近いらしく、二人は一緒に帰っていった。

純也は一人で帰ることにした。もうすっかり日が暮れている。

そして門を出ようとしたところで、彼は真菜とバッタリ会ったのだった。

2

「あ、いま帰り?」

「ええ、閉館まで図書館にいたので」

純也が言うと、真菜が笑窪を浮かべて答えた。

「女子寮へは、裏門からの方が近いんじゃないの？」

「食材がないから、買い物しようと思って」

「そう、よければ夕食する？　何か奢るから」

「わあ、嬉しい」

真菜は無垢な笑顔ではしゃぐように答え、一緒に歩きはじめた。

高校時代には文芸部のミーティングで、みんなでジュースを飲んだことぐらいならあるが、二人きりの夕食など初めてである。

まだ宵の口だから、純也は下心を抱きながら自分のアパートに近い方へと移動し、そこにあった庶民的で小洒落たレストランに入った。

ちょうど窓際の席があり、向かい合わせに座ってハンバーグ定食を頼んだ。

もちろん真菜はビールなどは飲まず、純也もまだアルコールを飲むような習慣はなかった。

やがて料理が運ばれ、二人は雑談しながら食べはじめた。

美少女と差し向かいだと緊張して味など分からないかも知れないと思ったが、純也は案外リラックスできた。

それは、やはり桜子のおかげで、先輩や大人の美女たちと懇ろになったからなのだろう。

二人で高校時代の話などして、やがて食事を済ませると純也が会計してレストランを出た。

「すぐそこが僕のアパートなんだ」

「どんなお部屋か見てもいい？」

言うと、すぐに真菜が答えた。

もちろん桜子には、何ら手助けしてくれないよう頼んである。

だから部屋を見たいというのも、真菜の本心なのだろう。

やはり一人ぐらい、自分の力で攻略したいし、何しろ真菜は高校時代から純也がずっと好きだった美少女である。

純也は股間を熱くさせながらアパートへ行くと鍵を出し、ドアを開けて灯りを点け、彼女を招き入れた。

「わあ、片付いてるのね」

「まだ入居したばかりだからね」

真菜が遠慮なく上がり込んで言うと、彼はドアを内側からロックした。

彼女は本棚の背表紙を眺め、純也はタイミングを計りながら痛いほど股間を突っ張らせていた。

部屋に上がったのだから、真菜も多少はその気があるに違いないし、高校時代は受験のため抑えていた好奇心が、きっと大学生となった今は解放されていることだろう。

桜子も、スッと真菜の中に入り込んだ。約束通り操作はせず、生娘の感覚を得てみたいようだ。

やがて真菜が本棚から顔を上げ、彼の方に向き直った。

そこで純也は、いきなり正面から抱きすくめてしまった。

「あ……」

真菜が小さく声を洩らして身を強ばらせたが、拒みはせず、やがてそろそろと彼の身体に両手を回してきたではないか。

純也は温もりを味わいながら感激に包まれ、春の陽射しを含んだようにふんわりした髪に鼻を埋め、まだ乳臭いような甘い匂いを嗅いだ。

そして、そっと彼女の顔を上向かせて顔を寄せ、サクランボのようにぷっくりした美少女の唇に自分の口を重ねていった。

そう、これはセックスではなく恋愛なのだから、局部を舐め合った最後ではなく、最初にキスするべきなのだ。

間近に迫る真菜の頬が、水蜜桃のように産毛を輝かせ、長い睫毛が伏せられていた。

密着すると真菜の唇は、グミ感覚の弾力と唾液の湿り気が感じられ、美少女のか細い鼻息が心地よく鼻腔を湿らせた。

真菜のファーストキスを味わってから、そっと離し、

「嫌じゃない？」

囁くと、真菜が小さくこっくりしたので、もう一度唇を重ねた。

今度はそっと舌を挿し入れ、滑らかな歯並びを左右にたどった。

すると真菜の歯も怖《お》ず怖《お》ずと開かれ、舌が触れ合ってきた。

チロチロと探ると、美少女の舌は清らかな唾液に温かく濡れ、何とも滑らかで美味しかった。

「ンン……」

真菜が呻き、立っていられないほど膝をガクガクさせてしがみついてきた。

そのまま純也は口を離し、彼女を万年床に座らせた。

「脱がせてもいい?」

囁き、返事も待たず彼は真菜のブラウスのボタンを外しはじめた。何しろ彼女は朦朧《もうろう》とし、今にも気を失いそうになっているのだ。

苦労して脱がせ、背中のホックを外してブラを取り去り、観察は後回しにしてスカートとソックス、最後の一枚まで引き脱がせてしまった。

肌が露わになっていくにつれ、自分の匂いしかしなかった室内に、思春期の甘ったるい体臭が生ぬるく立ち籠めはじめた。

やがて一糸まとわぬ姿にさせると、純也はそっと真菜を布団に横たえ、自分も手早く脱ぎ去って全裸になった。

仰向けの彼女に覆いかぶさり、白い乳房に迫ると生ぬるい熱気が立ち昇った。

初々しい膨らみは形良く、処女の弾力を秘めているが、やがて小夜子のような巨乳になる兆しも見えている。

さすがに乳首と乳輪は清らかな薄桃色をし、彼は吸い寄せられるようにチュッと吸い付いていった。

「アア……」

舌で転がすと、真菜が声を洩らしてクネクネと悶えはじめた。

感じているというより、初めて触れられた衝撃と、くすぐったい感覚の方が大きいようだ。

純也は左右の乳首を交互に含んで舐め回し、顔中で思春期の弾力を味わった。

その間も、真菜は少しもじっとしていられないように身悶え、純也は両の乳首を味わい尽くすと、彼女の腕を差し上げて腋の下に鼻を埋め込んだ。

そこはスベスベだが生ぬるい湿り気があり、嗅ぐとミルクのように甘ったるい汗の匂いが感じられた。

充分に胸を満たしてから、純也は無垢な肌を舐め降り、愛らしい縦長の臍を探り、腰から脚を舐め降りていった。

やはり桜子に言われた通り、肝心な股間は最後に取っておいて、せっかくの処女を隅々まで味わわないと勿体ない。

脚は滑らかで、艶のある脛もツルツルだった。

足首まで行くと、彼は足裏にも舌を這わせ、縮こまった指の間に鼻を押し付けて嗅いだ。

指の股は汗と脂の湿り気があり、蒸れた匂いが可愛らしく籠もって鼻腔が悩ましく刺激された。

爪先にしゃぶり付き、指の股に舌を割り込ませて味わうと、

「あん、ダメ……」

真菜がビクッと反応して声を洩らしたが、突き放すようなことはしなかった。

純也は夢中になって真菜の両足とも、味と匂いが消え去るまで貪り尽くしてしまったのだった。

3

「じゃ、うつ伏せになって」

純也は言い、足を捻ると真菜も素直に寝返りを打ってうつ伏せになった。

彼は再び屈み込み、踵に舌を這わせると、微かな靴擦れの痕があった。

きっと新入学で買った、新品の靴がまだ合わないのかも知れない。

そのかさぶたを癒すように丁寧に舐め、アキレス腱から脹ら脛と、ほんのり汗ばんだヒカガミを舐め上げ、ムチムチと張りのある太腿から大きな水蜜桃のような尻の丸みを味わった。

もちろん谷間は後回しで、彼は腰から滑らかな背中を舐め上げた。

淡い汗の味がし、どこに触れても真菜はクネクネと反応した。

やはり背中は感じる部分なのだろう。

肩まで行ってうなじを舐め、髪に鼻を埋めて甘い匂いを貪り、耳の裏側も味と匂いを堪能した。

真菜は顔を伏せたまま荒い呼吸を繰り返し、入り込んでいる桜子もじっと初々しく新鮮な感覚を味わっているようだ。

尻に戻ってきた純也は顔を寄せ、指で谷間を広げた。

奥には、やはりひっそりと閉じられた薄桃色の蕾があった。

単なる排泄器官の末端なのに、どうしてこんなにも美しくある必要があるのだろうか。

鼻を埋め込んで嗅ぐと、弾力ある双丘が心地よく密着し、蒸れた匂いが感じられた。舌を這わせ、細かに息づく襞を濡らしてヌルッと潜り込ませると、

「あう……」

真菜が呻き、キュッと肛門で舌先を締め付けてきた。

やはり、誰も同じような反応をするものだ。純也は滑らかな粘膜を充分に味わってから、ようやく舌を引き離して顔を上げた。

「仰向けになって」

言って再び真菜が仰向けに戻ると、純也は腹這いになり、ムッチリと張りと弾力を秘めた内腿を舐め上げ、まだ未開地である股間に迫っていった。

ぷっくりした神聖な丘には楚々とした若草が、ほんのひとつまみほど恥ずかしげに煙り、ゴムまりを二つ並べて押しつぶしたように丸みを帯びた割れ目からは僅かにピンクの花びらがはみ出していた。

そっと指を当てて陰唇を左右に広げると、中は驚くほど熱い蜜が溢れているではないか。

全体は綺麗なピンクの柔肉で、処女の膣口が可憐に息づき、包皮の下からは小粒のクリトリスが真珠色の光沢を放ってツンと突き立っていた。

清らかな眺めを瞼に焼き付けてから、純也は顔を埋め込んでいった。

柔らかな若草に鼻を擦りつけて嗅ぐと、隅々には蒸れた汗とオシッコの匂いがほんのり籠もり、それに混じる淡いチーズ臭の刺激は、処女特有の恥垢の匂いであろうか。

純也は美少女のナマの匂いを貪って胸を満たし、濡れた割れ目に舌を挿し入れていった。

膣口に入り組む襞をクチュクチュと掻き回すと、やはりヌメリは淡い酸味を含んで舌の動きを滑らかにさせた。

そして味わうように柔肉をたどり、ゆっくりクリトリスまで舐め上げると、

「アアッ……！」

真菜がビクッと顔を仰け反らせて喘ぎ、内腿でキュッときつく彼の顔を挟みつけてきた。

そういえば桜子からの情報で、真菜も何日かおきに自分でクリトリスオナニーをして、それなりの快感を知っているということである。

純也は味と匂いを貪りながら、チロチロとクリトリスを舐め続けた。

ネット情報では、舐め方はあれこれ変えたりせず、一定のリズムを保つのが良いとあったので、彼は舌先で小さな円を描くように、小刻みな時計回りの愛撫を延々と続けた。

「あっ……、ああ、いい気持ち、ダメ、いきそう……」

真菜は次第に息を弾ませて口走り、ヒクヒクと白い内腿を波打たせながら、彼の顔を挟む内腿に強い力を込めはじめた。

どうやら本格的に高まってきたようだ。

途中、真菜は両手で彼の頭に触れてきた。それで、本当に男の顔が股間にあることを実感したように、たちまち身を弓なりに反らせてガクガクと痙攣しはじめたのである。

「い、いく……、アアーッ……！」

真菜は声を上ずらせ、狂おしく腰をよじりながらヒクヒクと絶頂の波を受け止めていった。

愛液の量が増し、純也はやや濃くなった匂いに酔いしれながらヌメリをすすって舌を動かし続けた。

「も、もうダメ……！」

硬直したまま真菜が言って嫌々をし、懸命に彼の顔を股間から追い出そうとしてきた。どうやら射精直後の亀頭のように感じすぎ、刺激がうるさくなってきたのだろう。

ようやく純也が顔を上げると、真菜は横向きになって体を丸めて縮こめ、もう触れられていないのに、いつまでもビクッと肌を震わせては荒い息遣いを繰り返していた。

「大丈夫？　気持ち良かった？」

「ああ……、何だか、変になりそうだったわ……」

訊くと、真菜が喘ぎながら切れぎれに小さく答えた。

「漏らしそう……」

と、真菜が言うので純也はグッタリしている彼女を抱き起こした。

「いいよ、出しても」

言いながら純也は真菜を支え、バスルームに入ってシャワーの湯を出した。

そして自分は床に腰を下ろし、真菜を正面に立たせると、その片方の足を浮かせてバスタブのふちに乗せ、開いた股間に顔を埋め込んだ。

「出るとき言って」

「む、無理よ、こんなこと……」

股間から言うと、真菜は文字通り尻込みして答えたが、否応なく尿意が高まってきたようにじっとしていた。

なおも恥毛に籠もった匂いを嗅いで舌を這わせ、吸い付いていると、とうとう限界に達したか、真菜がガクガクと膝を震わせはじめた。

「で、出ちゃう、離れて……、アア……」

言うなり、チョロッと熱い流れがほとばしってきた。

いったん放たれると、いかに止めようとしても、それは次第にチョロチョロと勢いを増して彼の口に注がれてきた。

純也は舌に受けて味わったが、思っていたより匂いも味も淡く、うんと薄めた桜湯ぐらいに清らかだった。

だから飲み込んでみても抵抗なく喉を通過することが嬉しく、それ以上に美少女から出るものを取り入れる悦びに満たされた。

「アア……、ダメ……」

真菜は男の口に出していることに声を震わせたが、また快感もあるのか、ゆるゆると放尿を続けた。

勢いが付くと口から溢れた分が温かく胸から腹へと伝い流れ、勃起したペニスが心地よく浸された。

ようやく流れが治まると彼は口を離し、残り香の中でポタポタと滴る雫を舐め取った。

すると溢れた愛液が混じり、ヌラヌラと滑らかに舌が動いた。

「あう、も、もう……」

真菜が懸命に股間を引き離し、足を下ろした。

純也はシャワーで流してから立ち上がり、互いの身体を拭いた。

潤いが消えてしまうので、真菜の割れ目は洗わず、そのまま再び全裸で布団に戻っていった。

今度は純也が仰向けになり、添い寝した真菜の手を握り、ペニスへと導いた。

彼女も恐々と触れ、次第に慣れてきたように手のひらに包み込んでニギニギしてくれた。

「こんなに太くて大きなものが入るの……？」

真菜が、手探りしながら言った。

「うん、濡れているから入るよ。嫌じゃなかったら、してみたい」

純也は言い、彼女の中にいる桜子に訊いてみると、もちろん真菜も好奇心いっぱいで、嫌ではないようだ。

しかも由紀子のようにピルを飲んでいるらしく、中出しも大丈夫らしい。

もちろん避妊でなく、生理不順解消のためなのだろうが、最近の女の子は服用する子が多いのだろう。

真菜の顔を股間へ押しやると、彼女も素直に移動していった。

大股開きになると、真菜は真ん中に腹這いになって顔を迫らせてきた。

熱い眼差しが股間に注がれると、無垢な視線と息を感じ、純也はヒクヒクと幹を震わせた。

「おかしな形……」

真菜は言い、幹を撫でて張り詰めた亀頭に触れ、陰嚢を手のひらに包み込んで二つの睾丸をコリコリと確認し、さらに袋をつまみ上げて肛門の方まで観察してきた。

純也は興奮に胸を震わせながら、自ら両脚を浮かせて抱え、彼女の鼻先に尻を突き出していった。

4

「嫌でなかったら、ほんの少しでいいのでここ舐めて……」

純也がヒクヒクと肛門を震わせて言うと、すぐに真菜も屈み込んで舌を伸ばして、チロチロと舐めはじめてくれた。

そして熱い鼻息で陰嚢をくすぐりながら、自分がされたように、ヌルッと浅く潜り込ませてくれたのだ。

「あう、気持ちいい……」

純也は妖しい快感に呻き、モグモグと肛門で処女の舌先を締め付けた。

やがて申し訳ない気持ちになって脚を下ろすと、真菜も舌を引き離した。

「ここも舐めて」

陰嚢を指して言うと、真菜も厭《いと》わずしゃぶり、睾丸を転がして滑らかな舌を這い回らせてくれた。

純也は、股間に美少女の熱い息を籠もらせて喘ぎ、せがむようにヒクヒクと幹を上下に震わせた。すると真菜は、自分から前進し、ペニスの裏側をゆっくり舐め上げてくれたのだ。

まるでソフトクリームでも舐めるように、美味しそうなその表情に彼はゾクゾクと高まった。

滑らかな舌が先端まで来ると、真菜はそっと指で幹を支え、粘液の滲む尿道口をチロチロと舐め、張り詰めた亀頭にしゃぶり付いた。

「深く入れて……」

言うと真菜も丸く開いた口でスッポリと喉の奥まで呑み込んでくれ、純也は快感の中心部が、美少女の最も清潔な口腔に包まれた感激に震えた。

真菜は深々と頬張り、幹を締め付けて吸い、熱い鼻息で恥毛をくすぐりながら口の中ではクチュクチュと舌をからめてくれた。

「ああ、気持ちいい……」

純也はうっとりと喘ぎ、ズンズンと股間を突き上げた。

「ク……」

喉の奥を突かれた真菜は小さく呻き、たっぷりと温かな唾液を出してペニスを浸してくれた。

そして吸い付くたび、真菜の頬に可憐な笑窪が浮かんだ。

「い、入れたい。上から跨いで……」

「私が上？」

仰向けのまま言うと、真菜が顔を上げて小首を傾げた。

「上の方が、無理ならすぐ止められるからね」

純也が言うと、真菜もすぐに前進して彼の股間に跨がってきた。

「入るのかな……」

呟きながら、先端に濡れた割れ目を押し付けた。そして位置を定めると大きく息を吸い込んで止め、意を決したように腰を沈み込ませてきたのだ。

すると、張り詰めた亀頭がズブリと潜り込み、あとは重みと潤いに助けられながら、ヌルヌルッと一気に根元まで受け入れてくれたのだった。

「あう……！」

真菜が眉をひそめて呻き、ぺたりと座り込んだまま全身を硬直させた。

さすがに狭くて締め付けがきつく、純也も生まれて初めて処女と一つになった実感を得た。

『い、痛いわ……』

それまで黙っていた桜子が言う。

この千年、生娘に憑依したことはなかったのか、あるいは快楽一筋だったため破瓜《はか》の痛みは忘れていたのかも知れない。

そして桜子が操作したのか、真菜もやや痛みが和らいだように自分から身を重ねてきた。

心根の操作は遠慮してほしいが、痛みを緩和させるぐらいなら願ってもない。

純也は両手を回して抱き留め、膝を立てて真菜の尻を支えた。

「大丈夫？」

「ええ、急に痛みよりも、気持ち良さが湧いてきたみたい……」

気遣って訊くと、真菜も不思議そうに答えたが、セックスとはこういうものだと思ったようだった。

まだ動かず、純也は美少女の温もりと重みを味わいつつ、下から唇を重ねて舌をからめた。そして桜子に頼むと、真菜は口移しにトロトロと大量の唾液を注いでくれたのだ。

純也はうっとりと喉を潤して酔いしれ、徐々にズンズンと股間を突き上げはじめていった。

「アア……、奥まで響くわ……」

真菜が口を離して言い、収縮を強めて初体験を味わった。

美少女の口から熱く吐き出される息は湿り気を含み、何とも甘酸っぱい芳香が感じられた。それはイチゴとリンゴと桃を食べたあとのような、清らかで可愛らしい匂いである。

純也はうっとりと嗅ぎながら、美少女の肺に入って温められ、口の匂いと微量の炭酸ガスを含んだ刺激に酔いしれた。

ついでに桜子に訊き、自分の口臭チェックもしてもらったが、さして不快でもないようなので安心したものだった。

いったん動いてしまうと、あまりの快感に腰の突き上げが停まらなくなってしまった。

愛液の量も多く律動が滑らかだし、桜子による痛みの緩和もあるようなので、真菜もいつしか無意識に合わせるように腰を遣いはじめていた。

「しゃぶって」

純也が真菜の口に鼻を押しつけて言うと、彼女もチロチロと舌を這わせてくれた。甘酸っぱい果実臭の吐息と唾液の匂いが鼻腔を掻き回し、純也はいつしか気遣いも忘れて激しく股間を突き上げていた。

「アア……、か、感じる……」

真菜も言いながら、惜しみなく吐息を嗅がせてくれるように熱い喘ぎを繰り返した。

たちまち純也は、きつい締め付けと肉襞の摩擦、潤いと温もりに包まれ、かぐわしい息と唾液のヌメリを感じながら絶頂に達してしまった。

「い、いく、気持ちいい……！」

昇り詰めながら口走り、彼はありったけの熱いザーメンをドクンドクンと勢いよくほとばしらせた。

「あ、熱いわ……」

噴出を感じた真菜が言い、キュッキュッと締め上げてくれた。

まだ膣感覚のオルガスムスには達していないようだが、すでに痛みはなく、男と一体になった充足感に包まれているようだった。

純也は激しく股間を突き上げて快感を噛み締め、心置きなく最後の一滴まで出し尽くしていった。

「ああ……」

満足しながら声を洩らし、純也は徐々に突き上げを弱めていった。

いつしか真菜も全身の硬直を解いて、グッタリと力を抜いて彼にもたれかかっている。

まだ収縮は続き、そのたびに中でペニスがピクンと跳ね上がった。

「あん、まだ動いてるわ……」

真菜が言い、純也は甘酸っぱい吐息を胸いっぱいに嗅ぎながら、うっとりと余韻を味わったのだった。

やがて呼吸を整えると、重なったまま寝返りを打って、彼はそろそろと股間を引き離した。

ティッシュを手に、処女を喪《うしな》ったばかりの割れ目を観察してみると、逆流するザーメンに混じって僅かに鮮血が認められた。最初の挿入で、痛みとともに出血したのだろう。

それを優しく拭ってやり、真菜を支えながらバスルームに移動して互いにシャワーを浴びた。

「大丈夫だった？」

「ええ、やっと初体験できたわ……」

訊くと笑みを含んで真菜が答え、後悔の様子もなかったので彼は安心した。

やがて身体を拭くと二人で身繕いをした。

もう一回ぐらい続けてしたいのだが、寮には門限があるだろう。

純也は真菜と一緒にアパートを出て施錠し、寮まで送ってやったのだった。

「じゃまた明日」

寮の門の前で言い、もう一度軽く唇を合わせた。

そして真菜が中に入っていくと、それを見送った純也は、

（やった、やった……！）

と、小躍りするようにアパートへと戻ったのだった。

大学生になって、四年の間に初体験したいと願っていたが、あっという間に何人もの女性と懇ろになり、しかも可憐な恋人まで出来たのである。

あとは勉強を疎かにせず学生生活を送り、もう一つの目標である作家デビューも頑張ろうと思ったのだった。

5

翌日は、午後の講義がなく、純也の授業は午前中だけだった。

その講義の最中、桜子が学内を飛び回り、情報を伝えてくれた。

刑事が来て、由紀子に事情を訊いていったようだが、ほとんどの証拠は揃っているので問題は無く、あとは彼女の告訴の意思を確かめただけで終わったようである。

そして大学側は正式に武夫を退学処分とし、貴重な桜への器物破損も訴えたようだ。

空手部の顧問が飛び回り、武夫の仲間から桜を蹴った証拠の動画も回収し、苛めを受けた新入生からも事情を訊いたらしい。

すると、数々の暴行容疑やカツアゲも訴えかけられ、武夫の実刑は免れないことだろう。

武夫の仲間たちは、下級生への暴行の様子まで録画していて、下級生たちも一斉に訴えを起こしたらしい。

そして一方で、発掘調査員の小百合も出向き、小夜子と一緒に考古学教授に会い、調査による途中経過を聞いていたらしい。

やはり自分が掘り出した以上、小百合も発掘品の値打ちが気になるのだろう。

真菜も、昨夜の初体験を気に病むふうもなく、新たな女友達と楽しく談笑しているようだった。

やがて純也はこの日の講義を終え、学食に行った。

「あら、確か浅井君」

純也が日替わり定食のトレーを持ってテーブルを探すと、何と小百合が声をかけてきた。

今日も作業着で、彼はパスタを食べている小百合の向かいに座った。

「調査はどんな感じでした？」

純也は、食事しながら小百合に訊いた。

「ええ、あの考古学教授、少し偏屈なところがあるけど、見る目は確かなようだし、文化財としてフェアに登録するみたい」

小百合も、旺盛な食欲を見せながら答えた。

「そうですか」

「銅銭はあまり値打ちがないので、何百枚か揃っていても全部で一万円ぐらいかしら。もちろん売ったりせず、まとめて展示するようだわ。あと女物の小さな銅鏡や簪《かんざし》、櫛なんかもあって平安時代の貴重な資料になりそう。最も値打ちのあるのが、教授の言った通り壺だわ」

小百合が言い、一方で桜子は小百合の中に入り込んで、彼女の情報を伝えてくれた。

『小百合は二十九歳、同じ調査員と結婚して、しばらく産休を取っていたけど出産して復帰したばかり。夫は婿養子で、赤ん坊は小百合の両親が見てくれているらしいわ』

純也は小百合と桜子、両方の話を聞いた。

『そして小百合は、純也に興味を持っているわ。しかも強い淫気とともに』

彼は、桜子の言葉に思わず股間を熱くさせた。

やはり夫婦ともに忙しく、出産後はセックスの方も疎遠になっていて、相当に欲求が溜まっているようだった。

「それで、訊きたいのだけど、どうしてあそこに埋まっていることが分かったの？」

やはり小百合の一番の興味は、純也の不思議な力のようである。

「本当に何とも、夢のお告げとしか言いようがないんです。切られた桜の精に教えられて」

「ふうん、小夜子さんはそういう神秘的な話が好きだから、すぐに信じたのね」

以前からの知己である小百合は、小夜子を思い浮かべるように言った。

「私にも、そんな力が欲しいものだわ。他に何か埋まっているものはない？」

「いいえ、あの桜の精なので、周辺しか分からないようです」

「そう、残念だわ」

小百合は言い、やがて二人が食事を済ませると、話を切り替えるように彼女が顔を上げて言った。

「今日の午後は？」

「ええ、講義がないので暇です」

「そう、良かったわ。私も仕事が一段落しているので、ドライブでもしない？」

「ええ、行きましょう」

「わあ、嬉しいわ」

純也が答えると、小百合は顔を輝かせた。

そして食器を片付けて学食を出ると、二人は駐車場へと向かった。

すると、そのとき純也は二人の学生服の上級生らしき男に声をかけられた。

「おう、浅井ってのはお前か」

「そうだけど」

言われて純也が答えると、二人は睨み付けてきて、小百合は何事かと様子を窺っていた。

もちろん桜子がいるので恐くないが、純也はあやかしの威を借るダメ男のようで少し後ろめたかった。

「てめえのせいで佐野が退学になって逮捕されたんだぞ」

「自分のせいだろう」

純也は平然と答えた。どうやら二人は何かと武夫とつるみ、どこかで純也が武夫と話しているのを見かけて覚えていたのだろう。

「何、この野郎！」

男が言うなり殴りかかってきた。

「ちょっと、何よ、あんたたち！」

小百合が驚いて言う。元々気が強いのだろう。

だがいち早く桜子が男に入り込み、その正拳突きを仲間の男の顔面に叩き込んでいたのである。

「い、痛《いて》えなあ、何しやがる……」

殴られた男が目を白黒させたが、なおも激しい空手の攻撃が繰り出され、相手も応戦せざるを得なくなったようだ。

「何これ……」

「構わず行きましょう」

小百合が驚いて言い、純也は彼女を促して駐車場に歩き出した。

通りかかった他の学生たちも、何事かとスマホを出して動画を撮りはじめたのである。

恐らく、この二人も武夫とともに訴えられているだろうし、学内で騒動を起こしたのだから、軽くても停学になることだろう。

「どういうこと……？」

「殴り合うように念じたんです」

「まあ、そんな神秘の力が……」

小百合が嘆息し、まじまじと純也の横顔を見つめた。

振り返ると、二人の男は双方とも倒れながらも、なおも突きや蹴りを繰り出し合い、全身ボロボロになっていた。

桜子が交互に入り込んで攻撃を繰り返し、おそらく二人とも顔面や指は骨折しているのではないだろうか。

そして二人が完全にノビてしまうと、ようやく桜子が抜け出て純也の側《そば》に戻ってきた。

『痛かったわ……』

桜子が互いの攻撃を感じ取って言ったが、離れた今はケロリとしていた。

やがて駐車場に行くと、小百合がバンの運転席に乗り込んでエンジンをかけ、純也も助手席に座ってシートベルトをした。

「ますます君に興味が湧いてくるわ」

小百合が、車を走らせながら言った。

『何これ……』

初めて車に乗ったらしい桜子は驚いて言ったが、生身を持たないし飲食もしていないだろうから、吐くようなことはないだろう。確かに、あの桜の一角は車などしも見えない位置にある。

大学の敷地を出ると、車は大通りを走り山の方へと進んだ。

純也も、都内で車に乗るのは初めてのことだった。

と、通り沿いの麓に白い城のような建物があり、それは看板を見るとラブホテルだった。

「ねえ、嫌だったら構わないのだけど、あそこへ入ってみない？」

ためらいがちに小百合が、ラブホテルを指して言う。

「ええ、僕も入ってみたいと思っていたんです」

「まあ、心が通じるのね！」

緊張気味だった小百合が顔を輝かせ、そちらへとハンドルを切った。

「もしかして、初めて？」

「ええ、まだ何も知らないんです。教えてくれますか」

「もちろん！　何でもしてあげるわ」

純也が無垢を装って言うと、小百合は大きく頷いて答えた。

やがて地下の駐車場にバンを乗り入れると二人は降り、桜子もほっとしたように降りてきた。

エレベーターで一階のフロントへ行くと、小百合がてきぱきと空室のパネルを押し、金を払った。

エレベーターも、桜子は不思議そうにしていた。

そして再びエレベーターで三階まで行き、純也は生まれて初めてラブホテルの一室に入ったのだった。

第四章　美人妻の肌を発掘調査

1

（これがラブホテルか……）

純也は、室内を見回して思った。

ネット情報では、都内の密集地にあるラブホの部屋は狭いが、ここは郊外のせいか部屋もバスルームも広かった。

ダブルベッドに大型テレビ、冷蔵庫に電子レンジ、脱衣所もバスルームも実に快適そうである。

小百合が、甲斐甲斐しくバスタブに湯を張りはじめてから部屋に戻った。

「お湯が溜まるまで少し待って」

「いえ、今すぐ始めたいです」

小百合に言われ、純也は答えながら脱ぎはじめた。

「まあ、だって汗かいてるわ。午前中も少し発掘したし」

「初めてなので、女性のナマの匂いを知りたいので」

純也は言い、気が急くように先に全裸になってピンピンに勃起したペニスを露わにしてしまった。

何しろ桜子がいるのだから、少々強引でも大丈夫だろう。

「まあ、すごく勃ってる……。いいわ、汗臭くても知らないわよ」

小百合はペニスを見るとスイッチが入ったように答え、自分も手早く脱ぎはじめてくれた。

作業着を脱いでいくと、ブラとショーツは黒だ。それも取り去って一糸まとわぬ姿になると生ぬるく甘ったるい匂いが漂い、案外乳房は豊かで、腰のラインも豊満だった。

小百合がベッドに横たわると、スッと桜子が彼女に入り込み、純也も添い寝して腕枕してもらった。

そして目の前で息づく膨らみに迫ると、何と濃く色づいた乳首には、ポツンと白濁の雫が浮かんでいるではないか。

（うわ、母乳……）

純也は驚き、嬉々として吸い付いていった。

そういえば、最初に小百合に会ったときに感じた甘い匂いは、汗ばかりでなく母乳の成分も含まれていたのだろう。ブラを外すときも、内側に乳漏れパッドらしきものがあった。

コリコリと硬くなった乳首の芯を唇で強く挟んで吸うと、生ぬるく薄甘い母乳が分泌され、心地よく舌が濡れた。

純也は顔中を膨らみに押し付けながら、夢中で吸い付いては喉を鳴らして母乳を飲み込んだ。

「ああ……、飲んでいるの？　嫌じゃないのなら嬉しい……」

小百合は熱く喘ぎながら言い、仰向けの受け身体勢になった。

体型は、趣味で鍛えた由紀子と違い、職業人らしい骨太の逞しさがあり、それが脂の乗った小麦色の肌に覆われていた。

純也はのしかかり、なおも母乳を吸い続けた。

やがて出が悪くなり、膨らみの強ばりも和らいだので、もう片方の乳首に吸い付いた。

新鮮な母乳を味わい、胸の中まで甘ったるい匂いに満たされた。

やがて両の乳首と母乳を充分に味わうと、純也は小百合の腋の下に鼻を埋め込み、濃厚に甘ったるい汗の匂いを貪った。

体毛は薄いようで、舌を這わせても腋は剃り跡のざらつきも感じられない。

純也は美人妻の濃厚な体臭に噎《む》せ返り、ようやく腋から離れて肌を舐め降りていった。

臍を探って腰から脚を舐め降り、もちろん足裏にも舌を這わせ、足指の股に鼻を押し付けて嗅ぐと、他の誰よりもムレムレになった匂いが沁み付いていた。

充分に嗅いでから爪先にしゃぶり付き、舌を割り込ませて汗と脂の湿り気を貪った。

「あう、汚いのに……」

小百合がビクッと反応して呻いたが、桜子が憑依しているので拒むことはしない。いや、桜子が入っていなくても、きっと小百合は貪欲に快感を求めてきたことだろう。

純也は両足とも爪先をしゃぶり、味と匂いを貪り尽くした。

そして小百合を大股開きにさせ、脚の内側を舐め上げ、ムッチリと量感のある内腿から股間に迫っていった。

茂みは薄い方で、肉づきが良く丸みを帯びた割れ目からはネットリと蜜を宿した花びらがはみ出していた。

指で広げると、息づく膣口は母乳に似て白濁した本気汁にまみれ、小豆大のクリトリスが光沢を放って突き立っていた。

さらに彼女の両脚を浮かせ、尻の谷間に迫ると、薄桃色の肛門は何と由紀子のように僅かに突き出た艶めかしい形状をしていた。あるいは出産で息んだ名残かも知れない。

先に尻の谷間に鼻を埋め、蕾に籠もる蒸れた匂いを嗅いでから舌を這わせ、ヌルッと潜り込ませて滑らかな粘膜を探った。

「く……、嘘、そんなところ舐めるなんて……」

小百合が驚いたように言い、キュッと肛門で舌先を締め付けた。どうやら夫にも、舐められたことがないようだ。

純也が舌を蠢かせると、鼻先の割れ目からトロトロと愛液が漏れてきた。

ようやく脚を下ろし、ヌメリを舐め取りながら割れ目に舌を挿し入れ、茂みに鼻を埋め込んで嗅いだ。

隅々には、濃厚に蒸れた汗の匂いが、腋の下に似て甘ったるく籠もり、それにほのかな残尿臭が混じって鼻腔が悩ましく刺激された。

純也は鼻腔を満たして酔いしれながら舌を蠢かせ、膣口からクリトリスまで舐め上げていった。

「アアッ……、いい気持ち……！」

小百合が顔を仰け反らせて喘ぎ、さらなる愛撫を求めるように股間を突き出してきた。

純也はチロチロとクリトリスを舐め回しては愛液をすすり、指も膣口に入れて内壁と天井を擦った。

「い、入れて……！」

小百合が待ちきれないように言い、純也もその気になって顔を上げた。

すると小百合が寝返りを打ち、四つん這いになって白く豊満な尻を向けてきたのだ。

「後ろから入れて……」

言われて純也も身を起こし、膝を突いて股間を進めた。

そしてバックから先端を膣口に押し付け、感触を味わうようにゆっくりヌルヌルッと挿入していった。

「あう、いい……！」

小百合が白い背中を反らせて呻き、キュッときつく締め付けてきた。

純也も肉襞の摩擦と温もりを味わい、股間を密着させると尻の丸みが心地よく下腹に当たって弾んだ。

初めてのバックは実に新鮮で、彼は覆いかぶさって背中を舐め回し、両脇から回した手で乳房を揉みしだいた。

髪が甘く匂い、ほんのり汗の匂いも混じって鼻腔が満たされた。

「アア、いきそうよ、もっと突いて……！」

小百合が顔を伏せて喘ぎ、動きに合わせて淫らに尻を前後させはじめた。

律動のたび、ピチャクチャと湿った摩擦音が響いた。

しかし、やはり顔が見えず、唾液や吐息が得られないのが物足りないので、やがて純也は身を起こしてヌルッと引き抜いてしまった。

「あう、やめないで……」

快感を中断され、不満げに言う小百合を横向きにさせ、上の脚を真上に持ち上げた。

この際だから、いろいろな体位を経験したいのだ。

純也は彼女の下の内腿に跨がり、再び根元まで挿入しながら、上の脚に両手でしがみついた。

そして再び腰を突き動かすと、互いの股間が交差しているので密着感が高まり、吸盤のようにガバガバと音を立てて吸い付き合った。

「ああ、すごいわ……」

小百合も気に入ったように腰をくねらせて喘ぎ、純也も危うくなると動きをセーブしてピストン運動を繰り返した。

この松葉崩しは、ペニスを締め付ける膣内の感触のみならず、互いの内腿が滑らかに擦れ合い、新鮮な快感が得られた。

そして彼はまた引き抜き、小百合を仰向けにさせて正常位で挿入していった。

そろそろ純也も限界が迫っている。

彼は根元まで押し込んで股間を密着させ、脚を伸ばして身を重ねていった。

母乳の滲む乳房を胸で押しつぶすと、小百合も両手でしがみついてきた。

「もう抜かないで……」

小百合が哀願するように熱っぽく囁き、純也もフィニッシュを迎えるつもりで腰を突き動かしはじめた。

そして上からピッタリと唇を重ね、ネットトリと舌をからめると、小百合もズンズンと下から股間を突き上げはじめた。


「アア、いきそうよ、もっと深く何度も……!」

小百合が口を離し、淫らに唾液の糸を引きながら喘いだ。

2

純也は彼女の喘ぐ口に鼻を押し込んで嗅ぐと、湿り気ある熱い息が鼻腔をうっとりと満たした。

基本はシナモンに似た匂いだが、それにパスタの名残のガーリック臭が適度な刺激となって胸が悩ましく掻き回された。

それは、いかにも化粧気のない職業に燃えている人妻のリアルな匂いといった感じで激しく興奮がそそられた。

いつしか純也は股間をぶつけるように激しく動き続け、たちまち絶頂の大きな快感に全身を貫かれてしまった。

「い、いく、気持ちいい……！」

口走りながら、熱い大量のザーメンをドクンドクンと勢いよく注入すると、

「すごいわ、いっちゃう、アアーッ……！」

噴出を感じた小百合も激しく声を上げ、彼を乗せたままブリッジするようにガクガクと狂おしく腰を跳ね上げた。

収縮も潤いも最高潮となり、純也は心ゆくまで快感を味わい、最後の一滴まで出し尽くしていった。

満足しながら動きを弱め、力を抜いて体重を預けていくと、

「ああ……、溶けてしまいそうだわ……」

小百合が言い、グッタリと身を投げ出していった。

まだ膣内はキュッキュッと締まり、過敏になった幹が中でヒクヒクと跳ね上がった。

純也は、小百合の荒い息遣いに全身を上下させ、熱くかぐわしい吐息を嗅ぎながら、うっとりと余韻を味わったのだった。

「すごかったわ。こんな若い童貞の子としたの、初めてよ。でも上手すぎるわ。本当に初めてなの？」

「はい、初めてです。思わず夢中でしちゃいました」

重なったまま訊かれ、純也は答えた。まさか小百合がよく知っている小夜子としたなどとは言えない。

ようやく彼が身を起こすと、小百合もベッドを降り、ティッシュの処理を省略してバスルームへと移動した。

シャワーの湯で股間を洗い、湯に浸かって温まると、ようやく小百合もほっとしたようだった。

一緒に浸かると、また母乳の分泌が始まったように湯船が僅かに白濁して温泉のような気分になった。

湯から上がると、純也は床に座り、目の前に小百合を立たせた。

「ね、オシッコ出してみて」

言うと、ビクリと小百合が反応した。彼も、この行為を真菜にさせてから病みつきになりそうだった。

「まあ、浴びたいの？」

小百合も、まだ快感がくすぶっているように答え、すぐにも息を詰め、下腹に力を入れて尿意を高めはじめてくれた。

口を付けて割れ目を舐めると、匂いはすっかり消え去ってしまったが、新たな愛液が泉のようにトロトロと溢れてきた。

「あう、いいの？　出るわ……」

小百合が言うと同時に、割れ目内部の柔肉が迫《せ》り出《だ》すように盛り上がり、味と温もりが変化して、チョロチョロと熱い流れがほとばしってきた。

純也は口に受けて味わい、夢中で喉に流し込んだ。清らかな真菜のものより味も匂いも濃かったが嫌ではなかった。

「アア、変な気持ち……」

小百合は膝を震わせて喘ぎ、間もなく全て出しきってしまった。

純也は愛液の混じった雫をすすり、残り香の中でムクムクと完全に回復していった。

やがて口を離すと、二人でもう一度湯を浴び、身体を拭いて全裸のままベッドへと戻った。

「また勃ってしまったのね。でも私はもう充分」

小百合は言い、それでも指でペニスを愛撫してくれた。どうやら今日は、もう一度会社へ戻らなければならないようだ。

「お口に出す？　飲んであげるわ。私も、お乳やオシッコを飲んでもらったのだから」

「ええ、でもいきそうになるまで指でして、唾をいっぱい飲ませて」

「まあ、何でも飲みたがるのね」

小百合は言い、指で優しく幹をしごきながら顔を寄せ、白っぽく小泡の多い唾液をトロトロと吐き出してくれた。

純也はうっとりと喉を潤し、小百合の開いた口で鼻を覆ってもらい、濃厚なシナモン臭の吐息でうっとりと胸を満たした。

「お乳を顔にかけて」

さらにせがむと、小百合は彼の顔に胸を突き出し、自ら乳首を摘んで搾り出してくれた。

ポタポタと滴る雫を舌に受けると、無数の乳腺から噴出した分も生ぬるく顔中に降りかかり、彼は甘ったるい匂いに包まれた。小百合は両方の乳首から搾り出し、やがてすっかり高まった純也も仰向けに身を投げ出した。

大股開きになった彼が両脚を浮かせて尻を突き出すと、小百合もまず肛門をチロチロと舐め、ヌルッと舌を潜り込ませてくれた。

「あう、気持ちいい……」

純也は快感に呻き、モグモグと肛門で美人妻の舌先を締め付けた。

やがて脚を下ろすと、小百合は陰嚢を舐めてくれ、股間に熱い息を籠もらせながら肉棒を舐め上げてきた。

滑らかな舌が先端まで来ると、小百合は粘液の滲む尿道口を丁寧に舐め、張り詰めた亀頭をしゃぶり、そのままスッポリと根元まで呑み込んでいった。

「ああ……」

純也は喘ぎ、小百合の口の中で唾液にまみれた幹をヒクつかせた。

彼女は頬をすぼめて吸い付き、ネットリと舌をからめてから、顔を上下させてスポスポとリズミカルな摩擦を開始してくれた。

たちまち純也は絶頂を迫らせ、下からもズンズンと股間を突き上げながら激しく昇り詰めてしまった。

「い、いく……、アアッ……！」

警告を発するように言ったが、小百合は強烈な愛撫を続行してくれた。

ありったけの熱いザーメンがドクンドクンと勢いよくほとばしると、

「ンン……」

喉を直撃された小百合が小さく呻き、なおも摩擦しながら最後の一滴までチュ

ーッと吸い出してくれた。

出し尽くすと、純也は満足げにグッタリと身を投げ出し、小百合も動きを止めた。そして亀頭を含んだままゴクリと喉を鳴らし、ようやくスポンと口を引き離した。

「二度目なのにいっぱい出たわね。濃くて多いわ」

小百合は股間で囁きながら幹をしごき、尿道口から滲む余りの雫まで丁寧にペロペロと舐め取ってくれた。

「ああ……、も、もういいです……」

純也が腰をくねらせて言うと、ようやく小百合も舌を引っ込めた。

美人妻の上と下への二度の射精で、彼はすっかり満足して呼吸を整えた。

もう風呂は入らないらしく、小百合が身繕いをはじめたので、純也も起きて服を着た。

そして部屋を出ると、エレベーターで地下の駐車場まで下りた。

「うちの会社見てみる？　ここから近くだから」

運転席に乗り込んだ小百合が言い、まだ時間も早いので純也も頷いた。

就職することはないと思うが、発掘という珍しい会社なら見学するのも良いだろう。

やがて走り出すと、ものの十五分ほどで、車は小百合の勤める東都文化センターに着いた。

駐車場で車を降りると、二階建ての横長の建物で、外にもパワーショベルやトラックなど発掘に関する道具が置かれている。

中に入ると、小百合は純也を社長に紹介してくれた。

「へえ、君が夢のお告げで、ピンポイントで宝を見つけた学生さんか」

中年の太った社長が、人の良さそうな笑みを浮かべて言った。

他にも、男女数人の社員が事務をしている。他の従業員は、外回りで発掘に出向いているのだろう。

二階には資料や発掘品の保管部屋があり、純也は小百合の案内であれこれ見せてもらった。土器や埴輪、錆びて朽ちた剣、あるいは江戸時代の手紙や小判なども並べられている。

と、桜子が、何か気になることでもあったのか、一人の男性社員の体にスッと入り込んだ。

そして桜子は出てきて、すぐ純也に耳打ちしたのである。

3

「あの、庭に出たいんですが」

純也が言うと、小百合も快く応じ、一階に下りて玄関から出た。

「何かあるのかな？　学生さんの霊感か」

すると社長や他の社員まで興味深げにゾロゾロと出てきた。

今は暇なようで、純也は皆と一緒に裏庭へと回っていった。

裏庭はあまり手入れされておらず雑草が生い茂り、まばらに木立があって敷地の境は金網のフェンスに囲われていた。

純也は、その一本の木立の根元に拳骨大の石が置かれているのを見つけ、その石を取り除いた。

「ここを掘ってくれますか」

純也が言うと、すでに彼を信じているように小百合がシャベルで掘りはじめ、桜子が憑依した三十代の男性社員が顔色を変えた。

「そ、そんなところを掘ってどうするんだ。社の敷地に、何かあるわけないだろうが」

その男性社員が言ったが、小百合は構わずに掘っていく。

「最近、一度掘られて、埋められた形跡がありますね」

小百合が言う。ベテランなら、少し掘った土の様子だけで、何があったかぐらい分かるのだろう。

やがてスコップの先がカチンと何かに当たると、小百合は道具を替えて周りを掘り進め、軍手を嵌めた手で注意深く土を払い落とした。

「あったわ……」

小百合が言い、取り出してきたのは直方体をしたクッキーの缶だ。

彼女は軍手を外し、封をされているテープを爪で剝がし、やがて蓋を開けた。

一同が覗き込むと、中には何と山吹色に光る小判が無造作に詰め込まれていたのである。

それぞれ時代が違うもののようだが、全部で大小三十枚ほどあるだろうか。

「こ、これは、どういうことだ……」

社長が言い、社員を見回した。

そして顔色を変えている男性社員に詰め寄る。

「西川《にしかわ》君、管理責任者としてどう思う？」

「い、いえ……」

社長に言われ、男、西川はしどろもどろになっていた。

「前から、どうも発掘品が少しずつ紛失していたのには気づいていたし、君がギャンブルで借金を抱えていることも知っている。ここへ埋めて、あとでまとめて売るつもりだったんじゃないかね？」

社長が確信を持って言う。どうやら以前から、この西川の動静は限りなく灰色だったようである。

彼を見る一同も、ああ、やっぱり、というような表情をしていた。

「正直に話し、今まで盗ったり売ったりしたものを全て弁償するのなら通報はしない。処分はそのあとで。あっちでゆっくり話を聞こうじゃないか」

社長は、項垂《うなだ》れている西川の肩を叩き、事務所へと連れて行こうとして、ふと純也を振り返って言った。

「今度、一緒に発掘に来てくれないかな。初めて来た場所で、何か感じるなんて神業だよ」

「い、いいえ、何かトラブルを掘り起こしてしまったようで済みません」

「いや、はっきりした証拠が出たので助かる」

「じゃ、僕はこれで失礼しますね」

純也が言うと、社長は笑顔で頷き、西川を連れて建物に入っていった。

「すごいじゃないか、君」

「本当に、次の調査に来てもらいたいな」

他の従業員たちが、感心したように純也を取り囲んで口々に言った。

純也は、何ともバツの悪い感じで曖昧な笑みを浮かべるだけだった。

桜子も、西川の挙動不審に気づいて憑依し、盗品に気づいたのだろう。

やがて小百合が穴を埋め戻して踏み固めると、またバンに向かったので純也も皆に挨拶してから助手席に座った。

「すごいわ。ますます神秘の魅力が増してきた感じ」

小百合がエンジンをかけながら言う。

「一応、次の調査が決まったらＬＩＮＥするから考えておいて」

「ええ、どうしようかな」

「遠足気分で構わないから」

「それより、彼がクビになるんじゃないかと申し訳なくて……」

「前から様子がおかしかったのよ。奥さんと子供に逃げられてギャンブルにはまって、自業自得だから気にしないで」

小百合は言い、車をスタートさせて彼のアパートの近くまで送ってくれたのだった……。


――翌日、一日の講義を終えると純也は伝奇サークルの研究室に行った。

すると小夜子を前にして、由紀子と真菜が座って談笑しているではないか。

どうやら、純也が伝奇サークルに入ったと教えたので、真菜も今日様子を見に来たら、たちまち由紀子と意気投合してしまったようだ。

他のメンバーは誰も来ていないので、今日はサークルの集まりの日ではないらしい。

元々、あまり活発なサークルではなく、小夜子も多く集めるより、本当に伝奇に興味を持った少数精鋭を求めているようである。

純也も話に加わり、由紀子が持ってきたペットボトルのジュースを皆で分けて飲んだ。

真菜は、すっかり由紀子に懐いた感じである。

寮とはいえ、初めて都内で一人暮らしをして、都会に慣れたお姉さんにあれこれ教わりたいのだろう。

そして話の流れで、これから真菜は由紀子と一緒に町へ買い物に出て、お気に入りの美味しいレストランで夕食することまで話が決まったようだ。

純也も誘われたが、今日は女同士で過ごすと良いと思って遠慮すると、やがて二人は出て行ってしまった。

「夕食付き合って。奢るわ」

二人残ると小夜子が言い、すぐにも立ち上がったので、純也も胸を高鳴らせて一緒に大学を出た。今日は金曜で、明日から週末の連休である。

由紀子たちは電車で新宿方面に出たようだが、小夜子は歩きで駅近くのレストランに純也を誘った。

差し向かいの席に座ると、グラスビールと料理を頼み、軽く乾杯して純也も飲んだ。

「小百合からメールが来たわ。どうやら熱烈に、あなたのファンになってしまったみたい」

ナプキンで口を拭いながら小夜子が言う。全ての所作が絵になり、気品に満ち溢れている。

「ええ、センターの従業員による不正を暴いちゃったものですから」

純也も、小夜子だけは桜子という超常の存在を知っているので、全てありのままに話した。

「そう。それで、今もそこに桜子は居るのね？」

「ええ、います」

「ならば桜子に言っておくわ。もう私の淫気や行動は操作しないで。操られなくても、私の淫気は充分に満々なので」

「うわ……」

冷徹な表情でものすごいことを言われ、純也はまだ料理も運ばれてきていないのに、痛いほど股間が突っ張ってきてしまった。

小夜子も、一度純也に向けて自身の欲求を解放し、すっかり彼と分かち合う快楽にのめり込みはじめているようだった。

ましてや伝奇など不思議な話が好きな小夜子は、桜子が見えるというだけで純也のことは特別扱いなのだろう。

「分かりました。桜子も納得しています。でも小夜子先生の中に入って、同じ快楽を得たいって言ってます」

「ええ、全て私の意思で行動できるなら、入って味わう分には構わないわ」

小夜子が言うと、順々に料理が運ばれてきた。

彼女は赤ワインに切り替え、純也はやっとの思いでグラスビールを空にしたので、あとは水を頼んだ。

メインディッシュのステーキが来ても、純也は期待と興奮でろくに味など分からなかった。

やがて食事を終え、デザートのスイーツとコーヒーを終えると、小夜子が会計してくれ、二人はレストランを出た。

今ごろ由紀子と真菜は、小夜子と純也の今夜の成り行きなど夢にも思わず、女同士の食事とお喋りを楽しんでいることだろう。

小夜子の一人暮らしの住まいは、駅裏にある徒歩五分の、割りに大きなマンションだった。

入るとエレベーターで八階まで上がり、小夜子が鍵を出してドアを開け、純也を招き入れてくれた。

純也が上がり込むと、小夜子がドアを内側からロックした。

そのカチリという音で、密室が意識された。

ロックするのは当たり前のことだが、その瞬間に日常が、淫らな非日常へと切り替わった気がしたものだった。

中は3LDK。広いリビングと、奥に寝室。二間がブチ抜きの書庫と書斎になり、夥しい本が詰め込まれている。あとは納戸とバストイレらしい。

小夜子はエアコンを点け、バスタブに湯を張ってから、前置きなど何もなく、いきなり彼を寝室に誘ったのだった。

4

「脱いで」

小夜子が言い、待ち切れないようにすぐにも服を脱ぎはじめた。

その瞬間、スッと桜子が小夜子の中に入り、純也も手早く脱いでいった。

純也は、レストランを出るときトイレとマウスウオッシュは済ませたし、少々汗の匂いがしても、それこそ小夜子が不快な思いをしないよう桜子が操作してくれることだろう。

寝室にはセミダブルベッドが据えられ、化粧台とクローゼットの他は、やはり本が山積みになっている。布団もシーツも調えられ、寝室内には生ぬるく甘ったるい匂いが籠もっていた。

たちまち一糸まとわぬ姿になった小夜子が、メガネだけかけてベッドに仰向けになると、純也も全裸になって近づいた。

小夜子は、好きにして良いというふうに身を投げ出し、期待で微かに形良い乳房を上下させていた。

やはりバスルームもない研究室の私室と違い、とことん味わおうという気持ちになっているのだろう。

純也は、まず小夜子の足裏に屈み込み、舌を這わせながら形良く揃った指の間に鼻を押し付けて嗅いだ。

なぜか、真っ先に足に目が行ってしまったのだが、小夜子も、なぜそんなところから、という素振りも見せず、されるままになっていた。

昨夜入浴して以来なら、丸二十四時間分の蒸れた汗と脂が沁み付いていることだろう。純也はメガネ美女の足の匂いでうっとりと胸を満たしてから、爪先にしゃぶり付いていった。

「く……！」

指の股に舌を割り込ませて味わうと、小夜子が息を詰めて呻き、ビクリと身を震わせた。

半信半疑で戸惑い気味だった前回と違い、今は全身で快楽を味わおうとしているようだ。だからこそ、今回は自宅で心置きなくしたかったのだろう。

純也は両足とも、ムレムレの濃い匂いを嗅いでしゃぶり、全ての指の股を味わい尽くしたのだった。

そして股を開かせ、脚の内側を舐め上げていった。

今日も体毛のある脛を舌で探り、白く滑らかな内腿を辿って股間に迫ると、そこは生ぬるい熱気と湿り気が籠もっていた。

割れ目を見ると、すでに大量の愛液が溢れているではないか。

あるいは小夜子も、純也と同じようにレストランにいるときから期待に興奮を高めていたのかも知れない。

純也は茂みに鼻を擦りつけ、隅々に蒸れて籠もる汗とオシッコの匂いで鼻腔を満たしながら、舌を這わせていった。

淡い酸味の愛液が溢れる膣口から、クリトリスまで舐め上げていくと、

「アアッ……！」

小夜子がビクッと反応して熱く喘ぎ、内腿でムッチリと彼の両頬を挟みつけてきた。

純也は悶える腰を抱え込んで押さえ、執拗にクリトリスを舐めては悩ましいナマの匂いに酔いしれた。

味と匂いを堪能すると、彼は小夜子の両脚を抱え上げ、尻の谷間に鼻を埋め込み、顔中に密着する双丘の弾力を味わった。

可憐な蕾に籠もる蒸れた匂いを嗅いでから舌を這わせ、ヌルッと潜り込ませて滑らかな粘膜を味わった。

「あう……、いい気持ち……」

小夜子が呻き、キュッキュッときつく肛門で舌先を締め付けてきた。

そして純也が舌を出し入れさせるように動かしていると、小夜子が何やら枕元の引き出しを開けて何かを取り出してきたのだ。

「これをお尻に入れて」

小夜子が言い、手渡されたものを見ると、それは何と楕円形をしたピンクのローターではないか。

どうやら彼女は、恋人を亡くしてから、ずっと様々な器具を使ってオナニーしていたようなのだ。

純也も激しく興味を覚え、口を離すとローターを手にし、唾液に濡れた肛門に押し付けた。親指の腹で押し込んでいくと、蕾も丸く開いてモグモグと呑み込んでいった。

やがて奥までローターが入って見えなくなると、あとは肛門からコードが伸びているだけだ。

電池ボックスのスイッチを入れると、奥からブーン……と低く、くぐもった振動音が聞こえてきて、

「アア……、前に入れて、君のペニスを……」

小夜子が脚を下ろし、喘ぎながらせがんできた。

純也も身を起こして股間を前進させ、幹に指を添え、先端を割れ目に擦り付けながらヌメリを与えた。

位置を定め、ゆっくり押し込んでいくと彼自身はヌルヌルッと滑らかに根元まで呑み込まれていった。前回より締め付けがきついのは、直腸にローターが入っているからなのだろう。

しかも間の肉を通し、ローターの振動が妖しくペニスの裏側にも伝わって刺激された。

「ああ、気持ちいいわ……」

小夜子が喘いで両手を伸ばし、純也を抱き寄せてきた。

彼も脚を伸ばして身を重ね、締め付けと振動を味わいながらまだ動かず、屈み込んで両の乳首を貪った。

左右の乳首を交互に含んで舌で転がし、顔中で膨らみを味わった。

さらに小夜子の腋の下にも鼻を埋め込み、色っぽい腋毛に籠もる甘ったるい汗の匂いに噎せ返った。

やがて小夜子がズンズンと股間を突き上げはじめたので、純也も合わせて腰を動かし、何とも心地よい摩擦と温もりに高まっていった。

しかし、途中で小夜子が動きを止め、

「ね、お尻の穴に入れてみて……」

レンズ越しに熱っぽい眼差しで彼を見上げて言ったのだ。

「え？　大丈夫かな。したことは？」

「ないわ。望んでも無理だったけど、今なら入りそうな気がするわ」

訊くと小夜子が答えた。かつての恋人に求めたが、結局挿入は成功しなかったのだろう。

好奇心を湧かせた純也は身を起こし、いったん膣口からペニスを引き抜いた。

そしてローターのスイッチを止め、コードを指に巻き付けて、切れないよう注意深く引っ張り出した。

やがてローターが顔を出し、ツルッと抜け落ち、特に汚れの付着はないが、嗅ぐとほのかに生々しい匂いが感じられ、彼はゾクゾクと興奮した。

念のためティッシュに包んで置き、純也はあらためてアナルセックスの初体験に臨んだ。

小夜子も自ら両脚を浮かせて抱え、尻を突き出している。

見ると割れ目から大量に滴った愛液が、肛門までヌメヌメと潤わせていた。

その蕾に、彼は愛液に濡れた先端を押し当て、呼吸を計りながらゆっくりと押し込んでいった。

小夜子は口呼吸をして括約筋を緩め、角度もタイミングも良かったのか、張り詰めた亀頭がズブリと潜り込んだ。

「あう、いいわ、奥まで来て……！」

小夜子が呻いて言い、純也も潤いに任せてズブズブと根元まで押し込んでいった。さすがに膣内とは感触が異なり、入口はきついが内部は思ったより楽で、ベタつきもなく滑らかだった。

深々と貫くと、彼の下腹部に尻の丸みが密着して心地よく弾んだ。

『あう、変な気持ち……』

桜子がアナル初体験に呻き、

「ああ、突いて、乱暴にしていいから……」

小夜子は脂汗を滲ませてせがみ、彼も小刻みに出し入れさせるように動きはじめた。前回は、小夜子には少々サディスティックな印象があったが、今は受け身に徹しているようだ。

要は、どのようなパターンにしろ快楽に貪欲なのだろう。

純也は、小夜子の肉体に残った最後の処女の部分を味わい、きつい締め付けと摩擦にジワジワと絶頂を迫らせていった。

彼女も、徐々に括約筋の緩急の付け方に慣れてきたように、いつしか律動が滑らかになり、クチュクチュと微かな摩擦音が聞こえてきた。

「い、いく、気持ちいい……！」

たちまち昇り詰めた純也は、快感に口走りながら熱い大量のザーメンをドクンドクンと注入していった。

「いいわ、いく……、アアーッ……！」

小夜子が喘ぎ、見ると自分の指でクリトリスを激しく擦っていた。女性のオナニーの様子に、さらに純也は高まった。

だから彼女は、アヌスとクリトリス両方の快感で果てたようだ。

膣内のオルガスムスと連動するように肛門もキュッキュッときつく締まり、中に満ちるザーメンで、さらに動きがヌラヌラと滑らかになった。

純也は快感の中、心置きなく最後の一滴まで出し尽くし、やがて満足しながら動きを止めていった。

桜子は、声もなく初めての感覚を嚙み締めているようだ。

荒い呼吸を弾ませていると、小夜子も割れ目から指を離し、身を投げ出して忙《せわ》しげな息遣いを繰り返した。

するとヌメリと締め付けに、彼自身が徐々に押し出され、やがてツルッと抜け落ちた。

純也は、まるで美女に排泄されるような興奮が湧いたものだった。

5

「さあ、早く洗った方がいいわ」

余韻に浸る暇もなく、小夜子が言って身を起こしたので、純也も一緒にベッドを降りてバスルームへと移動した。

シャワーの湯を出して彼の股間に浴びせ、小夜子は甲斐甲斐しくボディソープをつけた指で洗ってくれた。先端からカリ首の溝まで丁寧に擦られると、その刺激にムクムクと回復してしまう。

「まだ勃たせないで、中も洗うようにオシッコ出しなさい」

小夜子が手を離し、シャワーの湯でシャボンを洗い流しながら言った。

純也は懸命に息を詰めて尿意を高め、勃起を抑えながら、ようやくチョロチョロと放尿し、全て出しきることが出来た。

するとさよこ小夜子がもう一度湯を浴びせ、屈み込んで消毒するようにチロリと尿道口を舐めてくれた。

「あう……、先生もオシッコしてみて……」

今度こそピンピンに勃起しながら言うと、

「どうすればいい？」

小夜子も拒まず、その気になってくれたようだ。

「ここに立って、足をここに」

純也は床に座ったまま目の前に小夜子を立たせ、片方の足を浮かせてバスタブのふちに乗せた。

そして開いた股間に顔を埋めると、まだ流していない小夜子の茂みには悩ましい匂いが籠もったままだった。

うっとりと嗅ぎながら舌を這わせると、小夜子は息を詰めて懸命に尿意を高めている。その間も新たな愛液がトロトロと溢れ、淡い酸味のヌメリで舌の動きが滑らかになった。

「あう、出そう……」

小夜子が短く言うなり、中の柔肉が迫り出してきた。

味わいと温もりが変わり、間もなくチョロチョロと熱い流れがほとばしり、純也の舌を濡らしてきた。

「アア……」

小夜子が膝を震わせて喘ぎ、次第に勢いをつけて彼の口に注ぎ込んだ。

純也も夢中で喉に流し込んだが、やはり味と匂いは淡く抵抗が無かった。

溢れた分が肌を温かく伝い流れ、浴びた彼自身は完全に元の硬さと大きさを取り戻していた。

それでも、あまり溜まっていなかったか、やがて勢いのピークを越えると流れが弱まり、間もなく治まってしまった。

滴る余りの雫に愛液が混じり、ツツーッと淫らに糸を引き、彼は残り香の中で念入りに舐め回した。

「も、もういい……」

小夜子が言って足を下ろし、もう一度互いにシャワーを浴びると、身体を拭いて二人でベッドへと戻っていった。

今度は純也が仰向けになると、枕には小夜子の匂いが濃厚に沁み付き、その刺激が股間に心地よく伝わってきた。

　すると小夜子が純也の股の間に腹這い、脚を浮かせると厭わずに尻の谷間を舐めてくれたのだ。

「あう、気持ちいい……」

　舌先がヌルッと潜り込むと、純也は快感に呻きながらモグモグと肛門で小夜子の舌を締め付けた。

　小夜子も熱い息を股間に籠もらせながら舌を蠢かせ、中から刺激されてヒクヒクと上下するペニスを満足げに見つめた。

　ようやく彼女は純也の脚を下ろし、舌を引き抜いた。

「ローター入れてみる？」

「そ、それは遠慮します……」

　言われて、純也は尻込みして答えた。小夜子の中に入ったものだし、どんな感覚か好奇心はあるが、まだ少し恐い。

　小夜子も深くすすめず、陰嚢を念入りに舐め回して睾丸を転がし、温かな唾液で袋を濡らしてくれた。

　そして前進し、肉棒の裏側をゆっくりと舐め上げ、先端まで来ると幹に指を添え、粘液の滲む尿道口をチロチロと舐め回した。

そのまま張り詰めた亀頭をくわえると、モグモグとたぐるように喉の奥まで呑み込み、

「アア……」

純也は快感の中心部を、スッポリと口腔に包まれて喘いだ。

彼女の熱い鼻息が恥毛をくすぐり、中でクチュクチュと舌がからみついた。

思わずズンズンと股間を突き上げはじめると、小夜子も顔を上下させ、濡れた口でスポスポと強烈な摩擦を開始してくれた。

「い、いきそう……」

急激に高まった純也が警告を発すると、すぐに小夜子はスポンと口を離して身を起こし、そのまま前進して彼の股間に跨がった。

自分から幹に指を添え、先端に濡れた割れ目を押し付けると、息を詰めてゆっくり腰を沈み込ませていった。

たちまち彼自身は、ヌルヌルッと根元まで呑み込まれ、ピッタリと股間が密着した。

「アア、いいわ……」

『やっぱり、この穴の方が感じる……』

小夜子と桜子が同時に声を洩らし、純也も肉襞の摩擦と温もり、大量の潤いと締め付けに包まれた。

両手を伸ばして抱き寄せると、小夜子も身を重ねてきたので彼は膝を立てて尻を支えた。まだ動かず、純也は潜り込むようにして両の乳首を交互に吸い、舌で転がして味わった。

さらに小夜子の腋の下に鼻を埋めたが、さっきざっとシャワーを浴びてしまったので、甘ったるい汗の匂いはほんの少ししか感じられなかった。

すると小夜子が、徐々に腰を動かしながら、上からピッタリと唇を重ねてきたのである。

純也も両手でしがみつきながら、チロチロと舌をからめ、桜子がことさら大量に注いでくれる唾液でうっとりと喉を潤した。

そして彼もズンズンと股間を突き上げはじめると、

「アア……、いきそうよ、もっと強く……！」

小夜子が口を離し、収縮と潤いを増して熱く喘いだ。

口から吐き出される息は白粉臭がベースになり、それにワインの香気が混じり、微かなオニオン臭の刺激も悩ましく鼻腔を搔き回してきた。

「ああ、いい匂い……」

純也は小夜子の吐息に酔いしれて喘ぎ、顔を引き寄せて鼻を唇に押し付けた。

すると小夜子も舌を這わせ、鼻の頭をしゃぶってくれたのだ。

しかも下の歯を彼の鼻の下に当てたので、下の歯の内側の微かなプラーク臭も鼻腔を心地よく刺激してきた。

「い、いく……！」

たちまち純也は匂いと肉襞の摩擦の中で口走り、大きな絶頂の快感に全身を包まれてしまった。

同時に、ありったけのザーメンを勢いよくほとばしらせると、
二度目でも、その快感は絶大なものだった。

「い、いいわ、いく……、アアーッ……！」

噴出を感じた途端に小夜子も喘ぎ、ガクガクと狂おしいオルガスムスの痙攣を開始したのだった。

吸い込まれるような収縮の中、純也は快感を嚙み締め、心置きなく最後の一滴まで出し尽くしていった。

満足しながら突き上げを弱めると、小夜子もグッタリと体重を預けてきた。

「良かった……」

小夜子も満足げに言う。やはりアナルセックスより、正規の場所の方が良いようだった。

『ああ、気持ち良かったわ、すごく……』

桜子も言い、どうやら大きな快感を得たようである。

まだ収縮する膣内で、彼自身はヒクヒクと過敏に跳ね上がった。

そして純也は、メガネ美女の温もりと重みを受け止め、かぐわしい吐息で鼻腔を満たしながら、うっとりと快感の余韻に浸り込んでいったのだった……。

第五章　三人で戯れる淫ら快感

1

「いらっしゃい、さあ入って」

土曜の昼過ぎ、純也がハイツを訪ねると、由紀子が招き入れてくれた。

休みなので、由紀子からＬＩＮＥが来て、誘われるまま遊びに来たのである。

しかも中には、すでに真菜も来て待っていた。

中は広いワンルームタイプで、奥の窓際にベッド、手前に机と本棚、キッチンにはテーブルがあり、流しも清潔にされて、純也のアパートとは段違いの快適さである。

そしてテレビの横のクローゼットには、空手部の元キャプテンらしく賞状やトロフィーが並んでいた。

午前中は、由紀子と真菜は夕食の買い物をして、今夜は二人の手料理をご馳走してくれるということだった。

すでに大鍋にシチューが作られ、夕方まで弱火で煮込むようだ。

真菜も来ているから、淫らな展開は期待できないだろうが、それでも一応、純也は昼食後の歯磨きとシャワーは済ませて来ていた。

『その気あるわよ。二人は昼前まで、女同士で戯れていたから』

と、桜子が二人の中に入り、その心根を読み取ってから純也に、驚くべき内容を伝えてきた。

（え？　二人が女同士で……）

純也は驚き、急に期待に股間が熱くなってきてしまった。

そういえば以前に小夜子が、由紀子は両刀だと言っていたのだ。

ボーイッシュな由紀子は、颯爽たる小夜子に憧れていたようだが、どうにも小夜子にその気がないようなので諦め、年下の可憐な真菜に矛先を向けたのかも知れない。

そして桜子の報告によると、真菜も好奇心いっぱいで、好きになったお姉さんの言いなりになったようだ。

しかし、まだ肌を重ねたわけではなく、ディープキスをして服の上から乳房を探っただけらしい。

それで、真菜の頬がほんのり上気しているのだろう。

そして桜子によると、これから二人がかりで純也と戯れることが約束されているらしい。

それを知り、純也はシャワーを浴びてきて良かったと思ったのだった。

それにしても、二人に愛撫されるとは、どんな感じなのだろうかと否応なく彼の期待と興奮が高まった。

由紀子はジュースを出してくれ、純也も三人で当たり障りない雑談をしながらその機会を待ち望んだ。

すると、話が途切れたときに由紀子が言った。

「ね、浅井君、脱いでベッドに寝て」

「え……？」

すでに桜子から聞いて展開は予想していたが、純也はとぼけて聞き返した。

「二人で一緒に君を味わってみたいの」

「ま、真菜もそれでいいの？」

純也が訊くと、真菜も笑窪の浮かぶ頰を染めてこっくりした。どうやら一人っ子の真菜は、綺麗なお姉さんとのキスに胸を熱くさせ、すっかり好奇心いっぱいになっているようだ。

それに女二人で純也に触れるという状況でも嫉妬も湧かないようなので、まだ真菜にとって彼は絶対的な独占欲の対象にはなっていないのかも知れない。

純也も、真菜さえ良ければ快楽を優先させたかった。

万一、真菜の意に染まない展開になったとしても、傷ついたりしないよう桜子が何とかしてくれることだろう。

「三人でするのは嫌？」

「ううん、嫌じゃないです」

念を押すように言われ、純也も答えていた。そしてテーブルからベッドに移動し、服を脱ぎはじめた。

すると由紀子と真菜も来て、手早く脱いでいったのである。

すでに二人とも、それぞれ純也とセックスしたことは話し合っているようだ。

見る見る二人が肌を露わにしていくと、部屋に二人分の女性の匂いが混じって立ち籠めはじめた。

先に全裸になった純也がベッドに仰向けになると、やはり枕には由紀子の汗や涎などの混じった匂いが沁み付き、悩ましい刺激に興奮が高まってきた。

もちろん彼自身は、ピンピンにそそり立っている。

「すごいわ、こんなに勃って」

由紀子が言い、やがて一糸まとわぬ姿になった二人は、彼を挟むように添い寝してきた。

そして二人は申し合わせていたように、同時に彼の両の乳首にチュッと吸い付いてきたのだ。

「あう……」

ダブルの刺激に、思わず純也は呻いてビクリと反応した。

二人は熱い息で彼の肌をくすぐりながら、チロチロと左右の乳首に舌を這い回らせた。

「か、嚙んで……」

純也は、強いぐらいの刺激を求めて言った。

すると、すぐに二人とも口を開き、綺麗な歯並びで両の乳首をキュッと嚙んでくれたのだ。

「あう、気持ちいい、もっと強く……」

クネクネと身悶えてせがむと、二人も咀嚼《そしゃく》するようにモグモグと歯を立ててくれ、彼は妖しい刺激にゾクゾクと高まった。

女二人に迫られる緊張も、いったん二人の唇が肌に触れると、いっぺんに快楽を求める態勢になった。

やがて二人は乳首から脇腹へ移動し、そこにもキュッと歯を立ててくれた。

そして下腹から股間をそれ、太腿から脚を這い下りていったのである。

「アア……」

微妙に非対称な刺激だが、純也は全身を縦に半分ずつ美女たちに食べられているような興奮に息が弾んだ。

二人は足裏まで舌を這わせ、同時に厭わず爪先にしゃぶり付いてきたのだ。

何やら、いつも彼がする愛撫を、そのまま受けているようだ。

しかも足指の股にも、順々に二人の滑らかな舌がヌルッと潜り込んできた。

「あう、そんなことしなくていいのに……」

純也は申し訳ない思いで言ったが、二人は愛撫を止めず、彼のためでなく自分の欲求を満たすために賞味しているようだった。

彼は唾液に濡れた足指で、それぞれ二人の舌をキュッと挟み付けて清潔な感触を味わった。

そして二人は口を離すと、彼を大股開きにさせて脚の内側を舐め上げてきた。

内腿にもキュッと歯並びが食い込むと、

「あう……」

純也は声を洩らし、刺激と快感に腰をくねらせた。

やがて二人が頬を寄せ合って股間に迫ると、由紀子が彼の両脚を浮かせ、尻の谷間を舐めてくれたのである。

「く……、気持ちいい……」

ヌルッと舌が入ると彼は呻き、キュッと肛門で由紀子の舌先を締め付けた。

舌が離れると、すぐ真菜が舐め回し、同じように潜り込ませてきた。

立て続けだと、それぞれの感触が微妙に異なり、いかにも二人がかりでされているという実感が湧いた。

何とも、贅沢な快感である。

真菜も厭わず、中で舌を動かしてから舌を引き離すと、彼の脚が下ろされ、再び二人が同時に頬を寄せ合って顔を迫らせた。

陰嚢が二人に舐められ、それぞれの睾丸が舌に転がされた。

たちまち袋全体は、二人分のミックス唾液に温かくまみれた。

女同士の舌が触れ合っても、すでにディープキスをしているせいか全く気にならないようである。

陰嚢をしゃぶり尽くすと二人は前進し、肉棒の裏側と側面を同時に舐め上げてきたのだ。

滑らかな舌が先端まで来ると、先に由紀子が手本を示すように、粘液の滲む尿道口をチロチロと舐め、続いて真菜も同じように舌を這わせた。

さらに二人は同時に張り詰めた亀頭を舐め回し、交互に含んで吸い付いては、チュパッと口を離して交代した。

「ああ、すごい……」

純也はダブルフェラチオに喘ぎ、急激に絶頂を迫らせてしまった。

代わる代わる深々と含まれると、ここでも二人の口腔の温もりや感触が微妙に異なり、二人がかりでされている実感に彼は高まった。

「い、いきそう……」

純也が懸命に暴発を堪えて言うと、二人は顔を上げた。やはり段取りは打ち合わせていたのだろう。

「じゃ、今度は私たちを舐めてくれる？」

「あ、足から……」

由紀子が言うと、純也はゾクゾクと期待に胸を震わせて答えていた。

2

「いいのかしら、こんなことして……」

真菜が言い、由紀子と二人で仰向けの純也の顔の左右に立った。そして二人同時に足を浮かせ、そろそろと彼の顔に乗せてきたのである。

それは純也が望んだことで、二人も従ってくれたのだった。

二人は互いの身体を支え合い、足裏で純也の顔を踏んだ。

何という興奮であろう。彼はそれぞれの足裏を顔中で受けながら舌を這わせ、指の間に鼻を押し付け、汗と脂でムレムレになった匂いを貪った。

しかも、スックと立った全裸の二人を、真下から見上げる眺めも興奮をそそられた。

どちらも割れ目はネットリとした蜜にまみれて、内腿にまで滴りはじめているではないか。

由紀子はともかく、それだけ真菜も興奮しているようだ。

指の股の匂いは似た感じで、純也は交互に爪先をしゃぶり、舌を割り込ませて汗と脂の湿り気を味わった。

足を交代してもらうと、また彼は新鮮な味と匂いを堪能し、二人分の全ての指の股を堪能し尽くした。

「跨いで、しゃがんで」

ようやく口を離して言うと、やはり姉貴分の由紀子が先に跨がってきた。

和式トイレスタイルでゆっくりしゃがみ込むと、引き締まった足がM字になり、ムッチリと内腿が張り詰めて股間が鼻先に迫った。

よく観察する暇もなく、由紀子の股間が純也の鼻と口に密着してきた。

純也は茂みに籠もる、濃厚に蒸れた汗とオシッコの匂いで鼻腔を刺激されながら、懸命に舌を這わせてヌメリをすすった。

そして大きめのクリトリスに吸い付くと、

「あう、いい気持ちよ……」

由紀子がビクッと身を震わせて呻き、グイグイと遠慮なく押し付けてきた。

純也が充分に舌を這わせ、尻の真下に潜り込むと、真菜まで由紀子の割れ目を覗き込んできたのだ。

「お姉さんのクリ、大きいわ……」

「真菜も舐めて」

真菜が言うと由紀子がせがみ、その間、純也は尻の谷間に鼻を埋めて蒸れた汗の匂いを嗅ぎ、蕾に舌を這わせてヌルッと潜り込ませた。

すると真菜も顔を寄せ、舌を伸ばしてチロチロと由紀子のクリトリスを舐めたのだ。

「アアッ……、いいわ、とっても気持ちいい……」

由紀子が、可憐な真菜にクリトリスを舐められて喘ぎ、純也も肛門で締め付けられながら舌を蠢かせた。

由紀子の股間の匂いばかりでなく、真菜の吐き出す甘酸っぱい吐息の匂いも混じって、純也の胸がうっとりと満たされた。

「い、いきそうだわ。真菜、交代……」

やがて、すっかり高まった由紀子が言って股間を引き離すと、すぐにも真菜が跨がり、しゃがみ込んできた。

ぷっくりした割れ目が迫ると、純也は若草の丘に鼻を埋めてムレムレの匂いで胸を満たし、濡れた柔肉に舌を這わせた。息づく膣口をクチュクチュ掻き回し、小粒のクリトリスまで舐め上げていくと、

「あん……、いい気持ち……」

真菜が喘ぎ、思わず力が抜けてキュッと座り込みそうになり、懸命に彼の顔の両側で足を踏ん張った。

そして純也は味と匂いを堪能し、尻の真下に潜り込んでいくと、同じように由紀子が顔を寄せ、真菜のクリトリスをチロチロと舐めはじめたのだ。

純也は蕾に鼻を埋めて蒸れた匂いを貪り、舌を這わせてヌルッと潜り込ませて滑らかな粘膜を味わった。

「あう、すごいわ……」

真菜も股間の前後、クリトリスと肛門の両方を舐められ、清らかな蜜を漏らして声を上げた。

純也は舌を蠢かせながら、花粉に似た由紀子の吐息も嗅いで高まった。

「いいわ、じゃ私が先に入れるわね」

由紀子が身を起こして言うと、真菜も仰向けの純也の顔から離れた。

そして由紀子はペニスに屈み込んで、もう一度先端をしゃぶってヌメリを与えてから、股間に跨がってきた。

先端に濡れた割れ目を押し当て、ゆっくり腰を沈み込ませていくと、入っていく様子を横から真菜が覗き込んでいた。

ヌルヌルッと根元まで受け入れると、

「アアッ……！」

由紀子が顔を仰け反らせて喘ぎ、何度か密着した股間をグリグリと擦り付けてから、ゆっくり身を重ねてきた。

純也は温もりと感触を味わいながら、潜り込んで由紀子の乳首を吸い、添い寝してきた真菜の乳首も舐め回した。

朝から会って買い物して歩き回ったり、戯れていたので二人とも汗ばんでいるのだろう。どちらの腋からも、生ぬるく甘ったるい汗の匂いが漂い、鼻腔で混じり合って悩ましく胸に沁み込んできた。

純也は二人分の乳首と膨らみを味わい、それぞれの腋の下にも鼻を埋め、濃厚な体臭を胸いっぱいに吸い込んだ。

すると由紀子が腰を動かしはじめ、上からピッタリと純也に唇を重ねてきたのである。純也も熱い息で鼻腔を湿らせながら舌をからめると、由紀子が真菜の顔も引き寄せ、三人で唇を重ねた。

これも実に贅沢な行為であった。

純也は、それぞれの舌を舐め回し、混じり合って注がれる唾液でうっとりと喉を潤した。どちらも生温かくて小泡が多い、トロリとして清らかなミックスシロップだった。

これも、彼が好むので桜子がことさら多めに垂らしてくれているのだろう。

純也が由紀子の腰の動きに合わせ、ズンズンと股間を突き上げはじめると、

「アア……、すぐいきそうだわ……」

由紀子が口を離して喘ぎ、純也は彼女の花粉臭の吐息と、顔を迫らせたままでいる真菜の甘酸っぱい果実臭の両方を嗅いで鼻腔を満たし、激しく高まっていった。

「き、気持ちいい、いく……！」

たちまち純也は絶頂に達し、快感に声を洩らした。

同時に、熱い大量のザーメンがドクンドクンと勢いよくほとばしり、由紀子の奥深い部分を直撃した。

「い、いっちゃう……、アアーッ……！」

由紀子が喘ぎ、ガクガクと狂おしい痙攣を開始した。

真菜も息を呑み、お姉さんの凄まじいオルガスムスを見つめていた。

純也は心ゆくまで快感を味わい、最後の一滴まで出し尽くしていった。

「ああ……」

満足しながら声を洩らし、徐々に突き上げを弱めていくと、

「す、すごく良かったわ……」

由紀子も言いながら力を抜き、グッタリと身を重ねてきた。

純也は、まだ息づく膣内でヒクヒクと幹を震わせ、二人分のかぐわしい吐息を間近に嗅ぎながら、うっとりと余韻を味わったのだった。

『すごい大きな波だったわ……』

由紀子の中にいる桜子も、すっかり満足したように言った。やはり若くて健康的な由紀子の絶頂が、桜子には最も好みなのかも知れない。

ようやく純也が呼吸を整えると、由紀子も身を起こし、そろそろと股間を引き離していった。

「一度、シャワーを浴びましょうか」

由紀子が言うので、純也も身を起こし、真菜も一緒に三人でバスルームへと移動した。

シャワーの湯を出し、由紀子と純也は股間を洗い流した。

もちろん二人の全裸を間近にして、すぐにも彼自身はムクムクと回復しはじめていた。

やはり二人も相手がいると、回復力も、快感とザーメンの量も倍になっているかのようだった。

そしてバスルームだと、純也は例のものを求めたくなり、たちまちピンピンに元の硬さと大きさを取り戻してしまったのだった。

3

「ね、二人でここに立って、両側から僕の肩に跨がって」

純也はバスルームの床に座って言い、立ち上がった由紀子と真菜に左右の肩を跨いでもらった。

「どうするの」

「オシッコかけてほしい」

「まあ、出るかしら……」

由紀子が言い、それでも真菜と一緒に両側から、純也の顔に股間を突き出してくれた。

純也は左右の割れ目に交互に鼻と口を埋め、夢中で嗅いだり舐めたりしながら微妙に異なる味と匂いを貪った。

二人も息を詰めて下腹に力を入れ、懸命に尿意を高めてくれている。

やはり二人だから、羞恥よりも競い合う気持ちになっているのかも知れない。

まして後れを取ると二人に見られる恐れがあって急いでいるようだった。

やがて先に、由紀子の割れ目内部の柔肉が妖しく蠢き、味わいと温もりが変化してきた。

「あう、出るわ……」

由紀子が言うなり、チョロチョロと熱い流れをほとばしらせてきた。

それを聞き、真菜も慌てて出そうと試みたようだ。

純也は由紀子の割れ目から噴出する熱い流れを口に受けて味わい、うっとりと喉を潤した。

すると、真菜の割れ目からもポタポタと雫が滴って彼の肌を濡らし、

「ああ……」

真菜は喘ぎながら、やがてか細い流れとなって注いできた。

純也はそちらにも顔を向けて味わい、喉に流し込んだ。

どちらも味と匂いは淡く控えめで、実に清らかだった。

片方を味わっているときは、もう一人の流れが肌を濡らし、彼は全身に人肌のシャワーを浴びながら、混じり合った匂いに酔いしれた。

二人はガクガクと膝を震わせて放尿を続け、やがてほぼ同時に流れを治めたのだった。

純也は交互に割れ目を舐め、悩ましい残り香の中で余りの雫をすすった。

「アア、もうダメ……」

由紀子が大きなクリトリスを震わせて喘ぎ、ビクッと股間を引き離してしまった。真菜も離れたので、純也は口を離した。

そして三人でシャワーを浴び、身体を拭いて全裸のままベッドへと戻った。

再び純也が仰向けになると、二人は屈み込み、また同時にペニスに舌を這わせはじめてくれた。

「ああ、気持ちいい……」

純也は交互にしゃぶられながら、二人分の唾液にまみれた幹をヒクつかせて喘ぎ、たちまち高まってきた。

「入れたい……」

言うと、すぐに真菜が身を起こし、由紀子もそれを見守るように顔を上げた。

真菜がペニスに跨がり、先端に濡れた割れ目を押し当ててきた。

そしてゆっくり腰を沈めると、覗き込む由紀子の前で、彼自身がヌルヌルッと滑らかに呑み込まれていった。

「あう……」

「入ったわ。まだ痛いかしら」

真菜が呻くと由紀子が気遣ったが、真菜は首を横に振り、ピッタリと股間を密着させて座り込んだ。もう痛みはなく、純也と一つになった悦びと、快感への期待が大きいようだ。

きた。

純也も、誰よりきつく熱い肉壺に包まれて快感を嚙み締めた。

両手を伸ばして抱き寄せると、真菜もゆっくり身を重ね、由紀子も添い寝してきた。

純也は真上の真菜と横の由紀子を同時に抱き留め、膝を立てて真菜の尻を支えた。そしてズンズンと股間を突き上げると、大量の愛液ですぐにも動きが滑らかになった。

「痛くない？」

「ええ、いい気持ち……」

囁くと真菜が答え、自分も合わせて腰を動かしはじめた。

純也は二人の顔を引き寄せ、また同時に唇を重ねて舌をからめた。

二人分の熱い鼻息が心地よく彼の鼻腔を湿らせ、混じり合った唾液が流れ込んで、彼はうっとりと喉を潤した。

「顔中ヌルヌルにして……」

絶頂を迫らせながらせがむと、二人も、彼の鼻の穴から耳の穴、頰や瞼まで舌を這わせてくれた。それは舐めるというより、吐き出した唾液を舌で塗り付ける感じで、たちまち彼の顔中がヌルヌルにまみれた。

唾液のヌメリと混じり合った匂い、そして真菜の口から吐き出される濃厚に甘酸っぱい果実臭、由紀子のシナモン臭の吐息が鼻腔を刺激し、悩ましく胸に沁み込んできた。

「い、いく……！」

たちまち純也は締め付けと摩擦、二人分の匂いに包まれながら口走り、大きな絶頂の快感に全身を貫かれてしまった。

同時に、熱いザーメンがドクンドクンと勢いよくほとばしり、

「あ、熱いわ……、いい気持ち……！」

噴出を感じた真菜が喘ぎ、ヒクヒクと肌を痙攣させた。

膣内の収縮も活発になり、ほぼ膣感覚のオルガスムスが得られたようだった。

今は由紀子もいるから見られる緊張があり、次回は恐らく完全な絶頂に達することだろう。

『い、いいわ……！』

桜子も、真菜の中で快感に声を上げた。

桜子の場合は、真菜の高まりと同時に純也の射精快感も得ているから真菜以上に気持ち良いことだろう。

「気持ちいいのね」

由紀子が囁き、身悶える真菜の背を撫で、その頬にもキスしてやっていた。

純也は快感を噛み締めながら、心置きなく最後の一滴まで真菜の中に出し尽くしていった。

やがて純也は満足して突き上げを弱め、まだ息づく膣内でヒクヒクと過敏に幹を跳ね上げた。すると、それに応えるように、真菜もキュッときつく締め上げてくれた。

純也は力を抜いて美少女の重みと温もりを受け止め、二人分のかぐわしく混じり合った吐息で鼻腔を刺激されながら、うっとりと快感の余韻に浸り込んでいったのだった……。

——もう一度三人でシャワーを浴びると、日も傾いてきたので、身繕いした三人はテーブルで夕食を囲んだ。シチューと生野菜サラダ、フランスパンが出て、純也は二人の手作りのシチューに舌鼓を打った。

やがて食事を終えると二人は手早く洗い物を済ませ、純也はまた射精したい衝動に駆られてしまった。

何しろ二人も揃っているのだし、今度いつこんな良い機会が巡ってくるか分からないのである。

「ね、もう一回抜いてから帰ります」

「いいわ、でも私は充分なので、お口で良かったら二人でしてあげる」

純也がせがむと、由紀子が答えた。

もちろん口でも充分に満足で、彼は嬉々として再び全裸になってベッドに仰向けになった。

二人は着衣のまま添い寝し、左右から彼を挟んでくれた。

純也は期待に勃起しながら二人に唇を重ね、それぞれの舌を充分に舐め回して唾液をすすった。

そして食後で濃厚になった二人の息の匂いを貪ると、由紀子がペニスに指を這わせてくれた。

「気持ちいい、いきそう……」

すっかり高まった純也が言うと、二人も顔を移動させた。

何と由紀子はスカートをめくってショーツを脱ぎ去り、彼の顔に跨がってシックスナインで亀頭にしゃぶり付いてくれた。

真菜は彼の股間に腹這い、陰嚢や幹の裏側を舐めはじめた。

二人の熱い息が混じり合って股間に籠もり、純也は由紀子の腰を抱き寄せ、大きなクリトリスに吸い付いた。

「ンンッ……」

感じた由紀子が呻き、反射的にチュッと強く亀頭に吸い付いた。

たまに口を離すと真菜がスッポリと呑み込んで吸い、ネットリと舌をからめてくれた。

「アア……」

純也は絶頂を迫らせて喘ぎ、もうどちらの口に含まれているか分からないほど快感に朦朧となってきた。

やがて交互にスポスポと口で摩擦されると、

「い、いく……、気持ちいい……！」

たちまち純也は昇り詰め、声を洩らしながらありったけのザーメンを勢いよくほとばしらせた。

「ク……」

ちょうど含んでいた真菜が、喉を直撃されて呻いた。

そして真菜がチュパッと口を離すと、由紀子が含んで余りのザーメンを吸い出してくれた。

「ああ、すごい……」

純也は由紀子の割れ目を見上げながら、最後の一滴まで絞り尽くしていった。

そしてグッタリと身を投げ出すと、二人は一滴もこぼすことなく全て飲み干してくれ、なおも交互に濡れた尿道口をチロチロと舐めてくれた。

「あうう、もういい……」

純也が腰をくねらせて呻くと、ようやく二人も顔を上げたのだった。

彼は由紀子の割れ目を見ながら呼吸を整え、充分に余韻を味わった。

やがて二人がベッドを降りると、由紀子がショーツを穿き、起き上がった純也も身繕いをした。

「有難うございました。じゃ帰りますね」

純也が言い、真菜も立ち上がった。もう外はすっかり暗くなっている。

「じゃ、ちゃんと真菜を送ってね」

由紀子が言い、純也と真菜は彼女のハイツを辞した。

「三人でするの、嫌じゃなかった？」

純也は、歩いて寮へ向かいながら真菜に訊いた。

「ええ、嫌じゃないわ。でも、やっぱり二人きりがいい」

真菜が笑窪を浮かべて答える。

「明日の日曜は？」

「ちょっと実家に帰る用があるの」

「そう、もし高校時代の制服があったら持って来てほしい」

「まあ、あるけど、まだ着られるかしら……」

真菜が恥ずかしげに言う。しかし高校卒業から、まだ一ヶ月半なのだから着られるに決まっている。

やがて純也は寮の前まで真菜を送り、自分もアパートへ帰ったのだった。

4

「これが発掘現場か、すごい……」

純也は、西東京の外れにある現場に来て、古墳跡を見回しながら言った。

昨夜小百合からＬＩＮＥが来て、日曜の今日、純也は小百合の車で来ていたのだ。

都内に住むようになって半月、たまには遠出も良いと思ったのである。

朝食を終えると、すぐ小百合がバンで迎えに来てくれ、今は午前十時半。

広い発掘現場には、あちこちプール状に穴が四角く掘られ、作業員が潜り込んで地層別の壁面を掘り進んでいる。

「やあ、おはよう。何か勘が働いたら言って」

社長が出てきて笑顔で言った。

他にも、顔見知りになった作業員が会釈し、中には西川も穴に潜り込んでいるではないか。

どうやら役職を解かれて減給され、現場に戻されているようだ。

盗んだ発掘品の返却と、売りさばいた分の弁償を約束したので、太っ腹な社長は彼をクビにしなかったのだろう。

さらに小百合は、作業員である夫も純也に紹介してくれた。

ガタイは良いが、優しそうな男である。

いかに優しくても、純也が小百合と懇ろになっていると知ったらさすがに怒るだろう。

純也は、何事もないふうを装って夫と挨拶を交わした。

そして桜子が夫に憑依し、妻の不倫に何も気づいていないことを純也に教えてくれたのだった。

桜子もだいぶ車に慣れ、今もあちこちの地層に潜り込んでは、埋まっている発掘品を探してくれている。

桜子も純也と一緒に、発掘品の展示を見ているので、どのようなものに値打ちがあるか、埋まっている石ころなどとは区別して探っているようだ。

すでに、あちこちからは、土偶や埴輪などが出土しているらしい。

すると桜子が来て、埋蔵品の場所を教えてくれたので、純也もそちらの穴に、梯子を下りて入ってみた。

何と、その場所では西川が掘っているではないか。

「そこじゃなく、もっと右の側面です」

「ふん、ド素人めが……」

純也が教えると、西川は暗い目をして言い、無視して自分の場所を掘り進めていた。

「どうせお前は、俺が木の根元に小判を埋めたところを見ていたんだろう」

西川は純也に顔を向けず、手を休めずに言った。

「僕が見てなかったことは、あなたが一番良く知っているでしょう。用意周到なあなたは残業のあとの真夜中、敷地にもフェンスの外にも誰もいないことを確認して埋めたはずです」

「……」

「もっと右です。銅鏡の発見者になれますよ」

「なに……」

言われて、ようやくその気になったように西川は純也の指定した側面にスコップを食い込ませた。

「そう、そこです、あと一尺、いや、三十センチほどで見つかるはずです」

純也が言うと西川も掘り進め、やがてカチンとスコップが鳴った。

「あ、あった……！」

西川が声を上げ、なおも掘り進めていると円盤状のものが顔を出したので、器具を替えて注意深く掘り出していった。

「何か出たのか」

社長が、西川の声を聞きつけて穴に下りてきた。西川も、やがて大きめの銅鏡を手にしていた。

「すごいな！　ほぼ完全な形で、しかも大きめじゃないか。値打ちものだぞ！」

社長が目を丸くして言い、広げた布に銅鏡を受け取った。

「他にまだありそうかい？」

社長は、当然ながら西川ではなく純也に訊いてきた。

「あとはこの奥に埴輪ですね。それで、もうこの穴にめぼしいものはないです」

純也が言って指示すると、西川はその場所も掘り進め、やがて埴輪を掘り出したのである。

「おお、本当に出た。すごい……」

社長が感嘆して言い、西川も純也のことが薄気味悪くなったように、震える手で埴輪を持った。

「浅井君、こっちもお願い」

小百合が声をかけ、純也は穴から出た。移動すると、小百合は夫と二人で穴に潜り込んで作業していた。

壁面は何層も土の色が変わり、中には火災のあとらしい焦げあとも見られた。

「ここには、あまり無いようですね……。あ……！」

純也は穴の中を見回して言い、言葉をとぎれさせた。

さらに地下に潜り込んでいた桜子が報告してきたのである。

「何かあるの？」

「六尺余り、いや、二メートルばかり真下に、大きな骨が」

純也が言うと、小百合は夫と顔を見合わせた。

「大きな骨って、まさか、恐竜……？」

小百合は言い、夫と二人でさらに真下を掘り進めていった。

「今度は何が出そうなんだ」

社長が下りてきて言った。

夫婦が手際よく掘っていくと、やがて手応えがあったようだ。

二人はスコップから熊手状の器具に替え、注意深く掘り進めていくと、確かに太く長い骨のようなものに行き当たったのである。

「ほ、本当にあった……」

「何がだ？」

「恐竜の種類はまだ分からないけど、巨大化石です」

「なに……！」

社長が言い、掘り出したものを覗き込んだ。

「こ、こりゃあ大変だぞ。もっと周りを掘れば、全身像が出るかも知れない」

社長は興奮して言うなり穴から出て、他の従業員も呼び寄せて、この穴に集中させはじめた。

すると、後から後から骨が出て、自分たちだけでは手に負えず、大学や文化庁にも連絡しはじめたではないか。

穴が騒然となってきたので、純也は梯子を上って外に出た。

「浅井君、これからも時間があるときだけでいいから、発掘のバイトに来てくれないか」

社長が熱烈に言い、純也も頷いた。仕送りばかりに頼らず、何か良いバイトはないかと考えていたところなのである。

やがて他の発掘品などが仮設テントに運ばれ、骨も順々に並べられた。

小一時間ばかりかけて作業が進められたが、まだまだ出てくるようだ。

純也も、地中を探った桜子の報告通り指示をし、その通りの場所から大きな骨が次々と出土していった。

「お昼にしましょう」

小百合が言い、一同はいったん手を休めて弁当の昼食を取った。

食事を終える頃には、大学や文化庁からの職員も駆けつけ、午後の作業が再開された。純也も、もうあらかたの指示で掘り尽くしたので、今日は引き上げることにした。

「じゃ、彼を送ってから、私は社に戻って報告書にかかりますので」

小百合が社長や夫に言い、純也と一緒にバンに乗ったのだった。

5

「すごいわ。あんな大きな恐竜が出るなんて……」

車を走らせながら、小百合が純也に言う。

二人きりになり、全身の疼きが堪えられないようである。それに今日は、一人で社に戻るだけだから時間はあるだろう。

「ね、またあそこに寄ってもいい？」

ハンドルを繰りながら小百合が言う。ラブホテルのことだろう。

「ええ、もちろん」

純也が答えると、小百合は気が急くようにアクセルを踏み込んだ。

やがて小一時間ほどで車は、前に入った城の形をしたラブホテルに着いた。

二人は地下駐車場からフロントに上がり、部屋を指定して支払いをし、エレベーターで六階まで上がった。

前とは違う部屋で、やはり中は広い。

小百合がバスタブに湯を張っている間に、純也も激しく勃起しながら全裸になっていた。

彼女の夫と会ったばかりだから、なおさら興奮が湧いた。

「まあ、もう脱いじゃったの？　私は朝から動き回っていたから先にシャワー浴びたいのだけど」

「どうか、ナマの匂いのままでお願いします」

「そう、私も待ちきれないわ」

小百合は答え、手早く服を脱ぎ去っていった。

たちまち肌が露わになると、生ぬるく甘ったるい匂いが揺らめいた。

互いにベッドに横になると、小百合が彼を仰向けにさせ、貪るように唇を重ねてきた。

やはり恐竜発見の興奮が、相当に淫気を強めているのだろう。

熱い息で鼻腔を湿らせながら彼が舌をからめると、小百合は勃起したペニスを握りしめ、先端を自分の肌に擦り付けてきた。

そして彼女は充分に舌をからめると、彼の耳を嚙み、首筋から胸、腹から股間へと舌を這わせてきた。

人妻の溢れる淫気に、純也は圧倒される思いだった。

張り詰めた亀頭がしゃぶられたので、

「体を、こっちへ……」

純也は言い、小百合の下半身を引き寄せた。彼女も、深々と肉棒を含みながら身を反転させ、彼の方に体を向けてきた。

純也は小百合の脚を曲げさせ、顔を上げて足指に鼻を割り込ませてムレムレの匂いを貪ってから股間に向かった。

互いの内腿を枕にしてシックスナインの体勢になると、彼も茂みに鼻を擦りつけ、甘ったるく蒸れた匂いに噎せ返りながら割れ目に舌を這わせた。

すでに小百合は大量の愛液を漏らし、彼がチュッとクリトリスに吸い付くと、

「ンンッ……！」

小百合は熱い鼻息で陰嚢をくすぐりながら呻き、チュッと強く亀頭を吸った。

互いに最も感じる部分を舐め合い、さらに彼は身を乗り出して、尻の谷間にも鼻を埋め込んだ。

レモンの先のように僅かに突き出た蕾に籠もる蒸れた匂いを嗅ぎ、舌を這わせてヌルッと潜り込ませた。

「あう、入れたいわ……」

前も後ろも舐められて高まった小百合が、スポンと口を離して言った。

純也も挿入を求めて仰向けになると、向き直った小百合が彼の股間に跨がってきた。

先端に割れ目を押し当てると、気が急くように一気に腰を沈め、彼自身をヌルヌルッと滑らかに根元まで受け入れていった。

「アア……、いいわ……」

小百合が顔を仰け反らせて喘ぎ、密着した股間をグリグリと擦り付けた。

純也も温もりと感触を味わいながら、手を回して抱き寄せ、潜り込むようにして色づいた乳首に吸い付いた。

もう、余り出なくなっている時期なのか、母乳はほんの僅かに生ぬるく滲んできただけだった。

それでも濃厚に甘ったるい体臭に包まれながら、純也は左右の乳首を貪り、顔中で豊かな膨らみを味わった。

さらに腋の下にも鼻を埋めて蒸れた汗の匂いに噎せ返り、もう一度唇を求めていった。すると小百合は桜子の操作により、多めの唾液をトロトロと注いでくれながら、徐々に腰を動かしはじめた。

純也も両手でしがみつき、両膝を立てて豊満な尻を支え、ズンズンと股間を突き上げていった。

溢れる愛液ですぐにも動きが滑らかになり、ピチャクチャと淫らに湿った摩擦音が響いた。

愛液は陰嚢の脇を生温かく伝い流れ、彼の肛門まで心地よく濡れた。

「アアッ……、すぐいきそうだわ……！」

淫らに唾液の糸を引いて口を離し、小百合が腰の動きと収縮を活発にさせていった。小百合の吐息は今日も悩ましいシナモン臭を含み、彼の鼻腔から胸に沁み込んできた。

『い、いきそう、何ていい気持ち……！』

桜子も、小百合の中で高まりながら喘いだ。

桜子も毎回、違うタイプや年齢の快感を味わい、すっかり病みつきになっているようだ。

互いの股間が熱い愛液でビショビショになり、純也も高まり、やがて肉襞の摩擦と締め付けで急激に絶頂が迫ってきた。

「いく……！」

たちまち純也は口走り、激しく昇り詰めていった。

同時に、ありったけの熱いザーメンがドクンドクンと勢いよくほとばしると、

「アアーッ……、もっと出して、気持ちいいわ……！」

噴出を受け止めた小百合も、オルガスムスのスイッチが入ったように声を上ずらせ、ガクガクと狂おしい痙攣を開始したのだった。

吸い込まれるような収縮の中、純也は心ゆくまで快感を嚙み締め、最後の一滴まで出し尽くしていった。

「ああ……」

すっかり満足しながら声を洩らし、徐々に突き上げを弱めていくと、

「すごく良かったわ。ああ、もう動かないで……」

小百合も敏感になっているように、息を弾ませて声を洩らした。

今日は性急な行為だったが、絶頂は大きかったようだ。

純也は収縮する膣内でヒクヒクと幹を震わせ、小百合のかぐわしい吐息で胸を満たしながら、うっとりと余韻を味わった。

重なったまま、溶けて混じり合いそうに時を過ごすと、やがて小百合がノロノロと身を起こした。

純也もベッドを降り、一緒にバスルームに行って湯に浸かった。

「ああ、すっかり力が抜けちゃったわ。もう一回したいところだけど、仕事に戻らないと……」

小百合が言い、純也も二回目は我慢することにした。

やがて湯船の中で股間を洗ってから身体を拭くと、二人は身繕いをしてラブホテルを出た。

「また、土日に発掘があるときはＬＩＮＥするわ」

車を走らせながら、小百合が仕事モードに戻って言う。

「ええ、平日でも、午後に講義のない日もあるので、そのときは連絡します」

「助かるわ。それにしても、どうして埋まっている場所が分かるのかしら……」

彼が答えると、小百合は不思議そうに言う。

「何となく分かる、としか言いようがないですね」

「そう、これは完全な超能力なのね。小夜子先生が興味を持ちそうだわ」

小百合は言い、やがて純也はアパートの近くまで送ってもらったのだった。

恐竜の骨が発見されたことは、近々センセーショナルなニュースに取り上げられることだろう。

それでも小百合や社長にも言っておいたが、純也が霊感で見つけたというのは内緒にしてもらっている。社長にしても、自分たちの功績が超能力のせいにされるのは望んでいないだろう。

やがて純也が夕食を済ませると、真菜からのLINEが入っていた。

今日は日帰りで実家に戻っていて、いま寮に帰ったらしい。

そして言われた通り、実家から高校時代の制服を持ってきたことが報告されていた。

（うわ、楽しみ……！）

純也は期待に舞い上がり、明日大学に制服を持ってきてくれるよう真菜に返信しておいた。

そして講義が終わったら、一緒にここへ来れば良いのだ。

真菜との行為をこっそり録画しようかとも思ったが、純也はやめた。

いつまで桜子が側にいてくれるか分からないが、今のところ誰とでも出来るのだから、録画を見てオナニーするような暇はないだろう。

やがて純也は明日を楽しみにし、今日いろいろあったことを思い出しながら、早めに寝ることにしたのだった。

第六章　色と匂いに舞う花びら

1

「何だか恥ずかしいな……」

純也のアパートに来た真菜が、紙袋から高校時代の制服を取り出しながらモジモジと言った。

月曜、今日の講義を全て終えると、純也は気が急く思いで真菜を誘い、一緒に帰宅したのだった。

「じゃ、まず全部脱いで、その上から制服を着て」

純也は、自分も脱ぎながら言った。

真菜も意を決してブラウスとスカートを脱ぎ去り、甘ったるい匂いを揺らめかせながら見る見る肌を露わにしていった。

純也は先に全裸になり、ピンピンに勃起しながら布団に横たわり、脱いでいく真菜を見つめた。

彼女もブラを外して最後の一枚まで脱ぎ去ると、全裸の上から濃紺のスカートを穿き、セーラー服を着た。それは白の長袖で、紺色の襟と袖に三本の白線、スカーフも白だ。

しかも単なるコスプレではなく、実際に真菜が三年間着ていたもので、スカートのお尻もやや擦れて光沢を放っている。

「わあ、高校時代のままだ……」

純也は歓声を上げ、真菜を引き寄せた。

真菜の姿は、正に高校時代そのもので、純也は彼女への思いに悶々としていた頃を思い出した。

「ここに座って」

純也は仰向けのまま、自分の下腹を指して言った。

真菜も恐る恐る跨がり、そっと腰を下ろしてくれた。

彼の股間をフワリと温かくスカートが覆い、ノーパンだから割れ目が直に下腹に密着してきた。

「脚を伸ばして」

純也は言い、彼女の両足首を摑んで顔に引き寄せた。

「あん、重くない……?」

真菜は言い、バランスを取るように腰をくねらせながら、とうとう引っ張られるまま両の素足を彼の顔に乗せてしまった。

純也は立てた両膝に真菜を寄りかからせ、人間椅子になったように美少女の全体重を受け止めながら、心地よく愛しい重みを嚙み締めた。

顔に乗せられた両足の裏に舌を這い回らせ、縮こまった指の間に鼻を押し付けて嗅ぐと、今日も指の股は生ぬるい汗と脂に湿り、蒸れた匂いが悩ましく鼻腔を刺激してきた。

充分に嗅いでから爪先にしゃぶり付き、両足とも全ての指の股に舌を割り込ませて味わうと、

「アアッ……」

真菜が喘ぎ、彼の上でくすぐったそうに身をよじった。

そのたび下腹に割れ目が擦り付けられ、徐々に濡れていく様子が伝わってきた。

そして急角度のペニスが上下するたび、スカートの中で彼女の腰をノックした。

「前に来て、顔に跨がって」

足指の味と匂いが薄れるほど貪ってから、純也は言い、彼女の両手を握って引っ張った。

真菜も両足を彼の顔の左右に置いて前進し、和式トイレスタイルで顔にしゃがみ込んでくれた。

「ああ、恥ずかしいわ……」

全裸でなく、着衣のまま肝心な部分を真下から見られるのは、激しい羞恥が湧くのだろう。

それに先日の明るい3Pと違い、やはり一対一の密室は淫靡《いんび》さが増し、彼女も相当に興奮を高めているようだった。

純也も真菜のセーラー服姿に興奮し、まるで女子高生のトイレ姿を真下から見上げているような気分になった。

脚がM字になると、ムッチリと張り詰めた白い内腿が顔中を覆い、真ん中のぷっくりした割れ目が鼻先に迫った。

純也は腰を抱き寄せ、若草の丘に鼻を埋め込んで嗅ぐと、そこは今日も蒸れた汗とオシッコの匂いに、淡いチーズ臭が混じって鼻腔を満たしてきた。

純也は何度も深呼吸して美少女の性臭を貪り、舌を這わせて陰唇の内側に潜り込ませていった。

柔肉は熱くネットリと潤い、純也は膣口の襞をクチュクチュ掻き回してから、ゆっくり小粒のクリトリスまで舐め上げていった。

「アアッ……！」

激しく感じた真菜が熱く喘ぎ、思わずキュッと股間を押しつけてきた。

純也はチロチロと舌先で弾くようにクリトリスを刺激しては、新たに洩れてくるヌメリをすすった。

そして味と匂いを堪能してから、彼女の尻の真下に潜り込んだ。

顔中に、大きな水蜜桃のような双丘を受け止め、谷間の蕾に鼻をフィットさせて蒸れた匂いを嗅ぎ、念入りに舌を這わせはじめた。

細かに収縮する襞を濡らしてから、ヌルッと舌を潜り込ませ、滑らかな粘膜を味わうと、

「あう……」

真菜が呻き、キュッときつく肛門で舌先を締め付けてきた。

「も、もうダメ……」

舌を出し入れさせるように動かしていると、真菜が言い、とうとう割れ目から滴る蜜で彼の顔を濡らしながら嫌々をした。もう上体を起こしていられなくなったのかも知れない。

ようやく舌を引っ込めると、真菜はそろそろと股間を浮かせて彼の上を移動していった。

純也が仰向けのまま両脚を浮かせ、両手で尻の谷間を広げて突き出すと、真菜もすぐに顔を寄せ、チロチロと肛門を舐めてくれた。

熱い鼻息が陰嚢をくすぐり、ヌルッと潜り込んでくると、

「あう、気持ちいい……」

純也は快感に喘ぎ、美少女の舌を味わうようにモグモグと肛門を締め付けた。

やがて脚を下ろすと、真菜も舌を離し、すぐ鼻先にある陰嚢に迫って舐め回してくれた。

そして充分に二つの睾丸を転がし、袋全体を温かな唾液に濡らすと、中央の縫い目を舐め上げ、そのまま肉棒の裏側を舐め上げてきた。

先端まで来ると、真菜は幹にそっと指を添え、粘液の滲んだ尿道口をチロチロと舐め回した。

純也が股間を見ると、高校時代そのままの美少女が、無邪気に先端をしゃぶっている。

その姿は、やはり全裸より興奮がそそられた。

真菜が亀頭を含んで吸うと、上気した頬に可憐な笑窪が浮かんだ。

「深く入れて……」

言うと、真菜もスッポリと喉の奥まで呑み込んでくれ、付け根近くの幹を口で丸く締め付けて吸い、熱い鼻息で恥毛をそよがせた。

口の中ではクチュクチュと舌が満遍なくからみつき、たちまち彼自身は生温かく清らかな美少女の唾液にどっぷりと浸り込んだ。

快感に任せてズンズンと股間を突き上げると、

「ンン……」

喉の奥を突かれた真菜が小さく呻き、さらにたっぷりと生温かな唾液を出しながら自分も顔を小刻みに上下させ、スポスポとリズミカルな摩擦を繰り返してくれた。

「い、いきそう……」

純也はすっかり高まり、暴発を堪えて言った。

このまま、可憐な制服姿の美少女の口に思い切り出して飲んでもらいたい衝動に駆られるが、やはり一つになって快感を分かち合いたい。

「跨いで、上から入れて」

言うと、真菜もチュパッと軽やかな音を立てて口を離し、身を起こすと彼の上を前進してきた。

仰向けの純也の股間に跨がり、濡れた割れ目を先端にあてがい、息を詰めてゆっくり座り込んできた。

屹立した肉棒が、たちまちヌルヌルッと滑らかに根元まで呑み込まれてゆき、純也は肉襞の摩擦と潤い、熱いほどの温もりと締め付けを感じながら快感を味わった。

「アアッ……！」

やがて真菜は顔を仰け反らせて喘ぎ、ピッタリと股間を密着させ、上体を起こしていられずに身を重ねてきた。

純也も両手で抱き留め、膝を立てて尻を支えた。

そしてセーラー服の裾をめくり上げて潜り込み、可憐な薄桃色の乳首にチュッと吸い付いて、顔中を思春期の膨らみに押し付けた。

純也が左右の乳首を交互に含んで舐め回すと、

『ああ、いい気持ち……』

もちろん真菜に入り込んでいる桜子も、うっとりと快感に声を洩らしはじめたのだった。

2

純也は左右の乳首を充分に味わい、さらに乱れたセーラー服に潜り込んで、ジットリ汗ばんだ腋の下にも鼻を埋め、濃厚に甘ったるい汗の匂いを胸いっぱいに吸い込んだ。

そして胸を満たしてから、真菜の首筋を舐め上げ、顔を引き寄せて下からピッタリと唇を重ねていった。

舌を挿し入れ、滑らかな歯並びを舐めると、真菜も舌を触れ合わせ、チロチロと滑らかに蠢かせてくれた。

桜子の操作により、ことさらに多めの唾液がトロトロと注ぎ込まれ、純也はうっとりと味わい、喉を潤して酔いしれた。

純也は美少女の熱い息で鼻腔を湿らせながら、清らかな唾液と舌の感触を味わい、徐々にズンズンと股間を突き上げはじめていった。

「ンンッ……」

真菜が呻き、反射的にチュッと強く彼の舌に吸い付いてきた。

大量の潤いで、すぐにも律動が滑らかになり、クチュクチュと湿った摩擦音が聞こえてきた。

真菜も腰を動かしはじめながら、

「アアッ……、いい気持ち……」

口を離して熱く喘いだ。

美少女の口から吐き出される熱い息は、発酵したような果実臭が濃厚に甘酸っぱく含まれ、純也は貪りながら突き上げを強めていった。

そして真菜の口に鼻を押し込むと、彼女もヌラヌラと舌を這わせ、惜しみなく息を嗅がせてくれながら唾液にまみれさせた。

「い、いく、気持ちいい……！」

たちまち純也は絶頂の快感に全身を貫かれて口走り、熱い大量のザーメンをドクンドクンと勢いよくほとばしらせた。

「アアッ……、すごいわ……！」

するとと噴出を感じた途端、真菜が声を上ずらせ、ガクガクと狂おしい痙攣を開始したのである。

どうやら本格的に、膣感覚のオルガスムスが得られたようだった。

『ああ……、いい……！』

桜子も、美少女の初の絶頂を味わいながら声を上げていた。

純也はきつい締め付けと収縮の中で快感を味わい、心置きなく最後の一滴まで出し尽くしていった。

やがて徐々に突き上げを弱めていくと、いつしか真菜も全身の硬直を解いて、グッタリと彼にもたれかかっていた。

まだ膣内は、初めての快感に戦《おのの》くような収縮が繰り返され、刺激されるたび内部でピクンと彼自身が跳ね上がった。

そして純也は美少女の重みを受け止め、果実臭の吐息を貪りながら、うっとりと余韻を味わったのだった。

「気持ち良かった？」

「うん……、由紀子さんも、こんな気持ちになっていたのね……」

囁くと、真菜はまだ大きな嵐の余韻を探るように答えた。

「これからは、するたびにもっと気持ち良くなってくるよ」

純也が言うと、やがて真菜はいつまでも重なっているのが悪いのか、そろそろと股間を引き離し、ゴロリと横になった。

まだ動く力が湧かないようなので、純也は身を起こしてティッシュを取り、手早くペニスを拭ってから彼女の股間に顔を寄せた。

激しく動いたが、もちろんもう出血はなく、満足げに陰唇が震えていた。

ティッシュを当てて愛液混じりに逆流するザーメンを拭いてやり、彼も再び横になった。

そしてセーラー服の胸に抱いてもらい、かぐわしい吐息を嗅がせてもらいながら、指でペニスを愛撫してもらうと、たちまち彼自身はムクムクと回復してきたのである。

やはり真菜の絶頂が純也も嬉しくて、続けてしたくなったのだが、彼女はもうすっかり充分な様子である。

「ね、お口でしてもらってもいい？」

「うん……」

言うと、真菜も素直に頷き、顔を移動させてくれた。

大股開きになると、純也は内腿を指し、

「ここ噛んで」

言うと真菜も大きく口を開き、キュッと肌をくわえ込んでくれた。

「アア、もっと強く……」

甘美な刺激に喘ぐと、真菜もモグモグと歯並びを食い込ませながら、左右の内腿を少しずつ移動した。

純也はすっかり高まり、やがてせがむように幹をヒクつかせた。

「ここだけは噛まないでね」

言うと、真菜もすぐに張り詰めた亀頭を含み、まだ愛液とザーメンに湿っているのも構わずしゃぶり付いた。

やはり、制服姿でフェラチオされるのは格別な快感があった。

何やら、当時の真菜にしてもらっているような気がする。

真菜は亀頭を含んだまま、チロチロと舌を左右に蠢かせて先端を刺激した。

「ああ、それいい……」

喘ぐと、真菜も執拗に舌を動かしてくれた。

そして深く突き入れると、真菜は顔を上下させ、濡れた口でスポスポと強烈な摩擦を開始してくれたのだ。

「ああ、すぐいきそう……」

純也は絶頂を迫らせて喘ぎ、制服姿で無心におしゃぶりする美少女を見つめ続けた。

たちまち彼は、全身が美少女の口に含まれ、唾液にまみれて舌で転がされているような快感の中、激しく昇り詰めてしまった。

「い、いく、気持ちいい……」

純也は絶頂の快感に股間を突き上げて口走り、ありったけの熱いザーメンをドクンドクンとほとばしらせた。

「ク……」

喉の奥を直撃されても、真菜は小さく呻いただけで噎せもせず、なおも摩擦と舌の蠢きを続行してくれた。

純也は快感に身悶え、心置きなく全て出し尽くしていった。

すっかり満足しながら力を抜いていくと、真菜も含んだまま動きを止め、口に溜まったザーメンをコクンと一息に飲み干してくれた。

「ああ……」

キュッと締まる口腔に刺激され、彼は声を洩らした。

挿入して射精するのも気持ち良いが、飲んでもらうのも格別である。

自分の生きた精子が、美少女の栄養にされると思うと、またすぐにも回復しそうな気になってしまった。

そして全裸より、セーラー服姿というのも快感を大きくさせていたようだ。

ようやく真菜も口を離し、なおも幹を握って動かしながら、尿道口に脹らむ余りの雫まで丁寧にペロペロと舐め取って綺麗にしてくれた。

「あうう、もういい、有難う……」

純也は腰をよじって呻き、過敏に幹を震わせて降参した。

真菜も舌を引っ込め、再び添い寝してきたので、また彼は腕枕してもらい、息遣いを調えた。

余韻に浸りながら真菜の息を嗅ぐと、ザーメンの生臭さはなく、さっきと同じ可愛らしい果実臭がしていたのだった……。

「こないだは楽しかったわ。でも、３Ｐはお祭り騒ぎみたいで、年中するものじゃないわね」

由紀子が言い、純也を前に行った女子空手部の部室に案内した。

翌日の昼である。由紀子はもう四年生だから講義も少なく、かなり時間が自由になるようだ。

3

純也も午後の講義がないので、誘われるまま股間を熱くさせて従った。

「由紀子さんは、女の人も好きなの？」

「ええ、前には小夜子先生に夢中だったけど相手にされないし、今は真菜が可愛いけれど、何だか、だんだん男一筋になっていくみたい。やっぱり私は、入れられてイクのが好きなんだわ」

由紀子が言い、やがて二人は部室に入った。

「男子空手部も、だいぶ落ち着いてきたようだわ。佐野が逮捕されてその一派も停学で退部だから、真面目な部員だけが残ったみたい」

由紀子が、ドアを内側からロックして言う。

相変わらず部室内は、多くの女子部員たちの混じり合った体臭が濃厚に立ち籠め、その刺激に彼は激しく勃起してきた。

もちろん桜子もスッと由紀子の中に入り、期待に胸を震わせているようだ。

そして世間話を終えたように、由紀子が脱ぎはじめたので純也も手早く全裸になっていった。

一糸まとわぬ由紀子がベッドに仰向けになったので、純也も迫り、彼女の逞しい足裏から舐めはじめた。

「あう、そこから来るの……?」

由紀子は驚いたように言ったが、もちろん拒みはしない。

純也は両の足裏を舐め回し、太く逞しい足指の間に鼻を押し付けて嗅いだ。

ムレムレの匂いに鼻腔を刺激され、彼は爪先にしゃぶり付き、指の股に籠もる汗と脂の湿り気に舌を這わせた。

「アアッ……、汚いのに……」

由紀子は言いながらも、刺激にクネクネと身悶え、すぐにも熱い息遣いを繰り返しはじめた。

やはり3Pより、一対一に燃えはじめているようである。

純也は両足とも、全ての指の股を味わい、大股開きにさせて引き締まった脚の内側を舐め上げていった。

ムッチリと張り詰めた内腿を辿り、熱気と湿り気の籠もる股間を見ると、すでにはみ出した花びらはネットリとした蜜に潤っていた。

しかし先に彼は由紀子の脚を浮かせ、尻の谷間に迫った。

レモンの先のように盛り上がり、光沢ある蕾に鼻を埋め、蒸れた汗の匂いを貪ってから舌を這わせると、

「ああ……、いい気持ちよ……」

由紀子が浮かせた脚を震わせて喘ぎ、ヒクヒクと蕾を収縮させた。

純也は充分に舐めて濡らしてから、ヌルッと潜り込ませて滑らかな粘膜を探ると、微かに甘苦い味わいが感じられた。

「あう、もっと奥まで……」

由紀子が呻き、キュッと肛門で舌先を締め付けた。

この分では、いずれ由紀子も小夜子のようにアナルセックスを求めてくるかも知れない。

それだけ、あらゆる快楽に貪欲なのだろう。

純也は充分に舌を蠢かせてから、由紀子の脚を下ろして割れ目に向かった。

指で陰唇を広げると、愛撫をせがむように膣口が息づき、白っぽい粘液を滲ませていた。

大きなクリトリスも、光沢を放ってツンと突き立っている。

純也は眺めてから顔を埋め込み、茂みに鼻を擦りつけ、汗とオシッコの混じった蒸れた匂いを貪った。

舌を挿し入れ、膣口を掻き回すと淡い酸味のヌメリが泉のように溢れてきた。

そのまま大きなクリトリスまで舐め上げていくと、

「アアッ……、いい……！」

由紀子が顔を仰け反らせて喘ぎ、内腿でキュッときつく彼の両頬を挟みつけてきた。締め付けで耳が聞こえなくなりながら、純也は執拗にクリトリスに吸い付き、舌先で念入りに弾いた。

「か、噛んで……」

由紀子が強い刺激を求めて言い、彼も前歯でコリコリと突起を刺激しては、大洪水になった愛液を舐め取った。

「も、もういい、いきそう、今度は私が……」

絶頂を迫らせた由紀子が言って身を起こし、彼の顔を股間から追い出した。

純也は入れ替わりに仰向けになると、すぐにも由紀子は先端に舌を這わせ、スッポリと喉の奥まで呑み込んでいった。

「ああ……」

純也は強く吸われて喘ぎ、思わずビクッと腰を浮かせた。

由紀子は上気した頬をすぼめてチューッと吸い付いては、口の中でクチュクチュと舌をからめ、熱い息を股間に籠もらせて貪った。

彼女は別に純也を感じさせようというのではなく、単に挿入前に唾液で濡らしているだけだった。

だから充分にペニスが濡れると、スポンと口を離して身を起こし、前進して跨がってきたのだ。

今日は細かな愛撫などより、性急に挿入を求めているようだった。

由紀子は先端に割れ目を押し当て、息を詰めると一気にヌルヌルッと受け入れていった。

たちまち彼自身は根元まで嵌まり込み、互いの股間がピッタリと密着した。

「アア……、いい気持ち……」

由紀子が味わうようにキュッキュッと締め上げながら喘ぎ、すぐにも身を重ねると、胸を突き出して彼の口に乳首を押し付けてきた。

「嚙んで……」

由紀子が熱くせがみ、純也もクリトリスにしたようにコリコリと前歯で挟んで刺激し、舌を這い回らせた。

両の乳首を順々に含んで舐め回し、歯で愛撫し、さらに腋の下にも鼻を埋め込んで、濃厚に甘ったるい汗の匂いに噎せ返った。

すると由紀子が、上から唇を重ね、貪るように吸い付きながら舌をからめ、彼の唇にもキュッと歯を立ててきた。

さらに純也の肩に由紀子が腕を回してきたので、胸に乳房が押し付けられて弾み、肌の前面が密着した。

由紀子はまるで、もう逃がさないといった感じで組み伏せていた。

純也は熱い息に鼻腔を湿らせながら、下から両手でしがみつき、膝を立てて尻を支えた。

やはり桜子の操作で、大量に流れ込む唾液を彼はうっとりと味わった。

「ンン……」

すると由紀子は熱く鼻を鳴らしながら、徐々に腰を動かしはじめた。

純也もズンズンと股間を突き上げると、たちまち互いのリズムが一致し、股間をぶつけ合うように激しい律動になっていった。

ピチャクチャと湿った摩擦音が響き、膣内の収縮と潤いが格段に活発になってきた。

「アア、いきそう、すごくいいわ……」

由紀子が口を離して言い、花粉臭の濃厚な吐息が彼の胸に沁み込んできた。

純也も急激に高まり、絶頂を迫らせながら股間を突き上げ続けた。

恥骨の膨らみがコリコリと痛いほど擦り付けられると、先に由紀子がガクガクと狂おしい痙攣を開始したのである。

「い、いっちゃう、アアーッ……！」

由紀子が声を上げ、激しいオルガスムスに全身を波打たせた。

その収縮に巻き込まれるように、続いて純也も絶頂に達し、ありったけの熱いザーメンをドクンドクンと勢いよく噴出させた。

「あう、もっと出して、いい気持ち……！」

奥深い部分を直撃された由紀子が、駄目押しの快感に呻き、飲み込むように膣内をモグモグと締め付けた。

『いいわ、すごい……！』

桜子も由紀子の中で大きな快感を味わい、何やら二人分の絶頂が押し寄せてくるようだった。

純也は激しく股間を突き上げながら心ゆくまで快感を味わい、最後の一滴まで出し尽くしていった。

すっかり満足しながら動きを弱めていくと、

「アア……」

由紀子も満足げに声を洩らし、力を抜いてグッタリともたれかかってきた。

まだ膣内は貪欲にキュッキュッと収縮を繰り返し、中でヒクヒクと幹が過敏に跳ね上がった。

そして純也は由紀子の体重を受け止め、熱い花粉臭の吐息を嗅いで鼻腔を満たしながら、うっとりと余韻を味わったのだった。

「ああ、もう君にメロメロよ。するたびに、どんどん良くなってくる……」

由紀子が荒い息遣いとともに言い、いつまでも重なっていた。

あとは互いの熱い息が混じり合うだけで、膣内のペニスもやがて満足げに萎えかけていった。

すると締め付けとヌメリに、ペニスが押し出されてきた。

「あうう、抜けちゃう……」

由紀子が名残惜しげに言ったが、ピクンと幹が震えると同時に、彼自身はツルッと抜け落ちてしまった。

「ああ、すごく気持ち良かった……」

由紀子が言い、手を伸ばしてティッシュを取り、股間に当てながらそろそろと腰を上げていった。

そして自分で割れ目を拭いながら顔を移動させ、愛液とザーメンにまみれて湯気を立てている亀頭にしゃぶり付いてきたのだ。

「あう……」

純也は刺激に呻いたが、由紀子はヌメリをすすって舌をからめ、丁寧にお掃除フェラをしてくれたのだった。

純也は刺激に身悶え、由紀子の貪欲さに圧倒されながらも、またムクムクと回復しそうになってしまったのだった……。

4
「巨大恐竜の化石を発見したとか」

 翌日の講義を終えた午後、純也が研究室に行くと小夜子が言った。

それよりも純也は、小夜子の衣装に目を見張った。何と彼女は、白い衣に朱色の袴の、巫女姿だったのである。

セミロングの黒髪にメガネ、そして巫女の衣装がやけにマッチして形になっているではないか。

「そ、それより小夜子先生、その格好は……？」

「ああ、あの切り株に御神酒を供えてきたのだ」

訊くと、小夜子が無表情に答える。

あとで聞くところによると、小夜子の実家は神社で父親は神官、彼女は少女時代から巫女にも扮していたようなのだ。それでお供えをするときは、この衣装が相応しいとして持ってきたのだろう。

そんな環境もあって小夜子は、民俗学や伝奇に興味を持ったようだった。

「とっても清らかで、良くお似合いです」

「そうか、それより小百合が相当に舞い上がっていた」

小夜子が言う。

確かに、恐竜の骨の発見は純也もネットのニュースで見ていた。

恐竜は、ほぼ完全な形で復元できそうであり、あの発掘現場の一帯を資料館にするという話も持ち上がっているらしい。

「だが発見者であるお前の名がどこにも出ていないが、それで良いのか」

「ええ、掘ったのは小百合さんたちセンターの人ですし、場所を指示したのは僕じゃなくて桜子ですからね」

レンズ越しに純也をじっと見つめながら小夜子が言い、彼は答えた。

もとより、小百合や文化センターの社長などとは、純也の名を出さないという約束なのである。

「そうか。確かに、霊感のある学生が超能力で見つけたなどと広まって、妙な騒ぎになってても困る」

「はい」

純也は答え、小夜子の巫女姿にムラムラと欲情してきてしまった。

「桜子は、そこに居るのか」

と、小夜子が純也の周囲を見回しながら訊いてきた。

「ええ、いますよ」

「私の中に、ずっと入っていて欲しい。姿は見えず言葉も交わせないが、長く入っていてくれれば、桜子の持つ千年の記憶が私にも伝わるかも知れない」

「それはいいですね。民俗学の役に立つことでしょう」

純也も頷いて答えて続けた。

「もっとも桜子の記憶や知識は、桜の木の周辺だけで、代々の屋敷に出入りしていた人たちから見聞きしたことぐらいでしょうけど」

「それでも大いに参考になる。しかも今は桜の木に囚われず、自由に遠出も出来る。化石を発見するように」

「ええ、桜子に訊いてみますね」

純也は言い、桜子と心の中で会話をした。

「何と言っている？」

「桜子は、基本は淫気の大きさに惹かれるようなので、僕が気に入っているようです。だから小夜子先生にずっと入っているわけにいかないようです」

「ならば、常に私が浅井と一緒にいれば良いのだな」

「ええ、小夜子先生の色んな研究に僕が同行するなら、いつでも憑依するということです」

「分かった。空いた時間はなるべく一緒にいることにしよう」

小夜子が言い、純也は痛いほど股間が突っ張ってきてしまった。

「桜子は、自分がいつまで人の姿を取って、僕と接していられるか気になるようですけど」

「今は分からん。何度か憑依してもらううち、互いに気づくこともあるだろう」

小夜子が答え、どうにも純也は我慢できなくなってしまった。

「お、奥の部屋に行ってもいいですか」

純也が恐る恐る言うと、小夜子もすぐに立ち上がって研究室のドアを内側からロックし、灯りを消して奥の私室に入った。

「何だか、清らかな巫女さんとするのは畏れ多いですけど……」

「なに、日本の神々は実に性には大らかで開放的だ」

純也が脱ぎながら言うと、小夜子も袴の前紐に手をかけて答えた。

「ちなみに、わが実家の神社の祭神はアメノウズメである」

「あの、神々の前で日本初のストリップをしたという……」

「そうだ。アメノウズメはオカメの祖とも言われ、豊かな頬に挟まれた小さな口は女性器を表す。そして、ウズメの夫となるサルタヒコは天狗の祖、その長い鼻は男性器だ」

「サルタヒコは、確か大きな貝に挟まれて死ぬんですけど、それも何やら男女を象徴しているようですね」

純也は言い、たちまち全裸になった。

「あ、せっかくだから、巫女さんの衣装のままでお願いします。決して汚しませんので」

純也がソファベッドの背もたれを倒し、仰向けになって言うと、小夜子も脱ぐのを止め、白足袋だけ脱いでベッドに上がってきた。

「どうしてほしい」

「今、桜子が小夜子先生に入り込んだので、その指示のままに」

小夜子が訊くと、純也は桜子がスッと彼女に入り込んだのを確認して答えた。

あとは願うだけで、彼の望むことを桜子に操られた小夜子がしてくれることだろう。

「そうか、いいだろう」

小夜子も操られることを嫌がらずに答え、むしろ三人分の淫気を味わおうという姿勢になり、仰向けの彼の顔の脇に立った。

そして片方の足を浮かせ、そっと足裏を純也の顔に乗せてきたのである。

足を浮かせてもフラつきもせずに姿勢が安定し、壁に手を突いて身体を支えることもしないので、あるいは小夜子は武道家として、由紀子を遥かに超える実力の持ち主なのではないだろうか。

純也は巫女姿のメガネ美女に顔を踏まれ、足裏に舌を這わせながら指の間に鼻を押し当てて嗅いだ。

やはり指の股は汗と脂にジットリと湿り、蒸れた匂いが濃く沁み付いて、悩ましく鼻腔が刺激された。

彼は充分にムレムレの匂いで胸を満たしてから爪先にしゃぶり付き、順々に指の股に舌を割り込ませると、小夜子も唾液に濡れた指でキュッと彼の舌を摘んでくれた。

やがて足が交代されると、純也はそちらも新鮮な味と匂いを貪り尽くした。

そして小夜子は彼の顔の左右に足を置き、袴をたくし上げはじめた。

衣擦《きぬず》れの音とともに、見る見るスラリとした脚が露わになり、小夜子がゆっくりとしゃがみ込んできた。

小夜子はノーパンで、茂みも割れ目も丸見えにさせ、脚をM字にして純也の鼻先に股間を迫らせた。

前に、セーラー服姿の真菜による和式トイレスタイルを真下から見たときも興奮したが、巫女姿となると、また格別であった。

白い内腿がムッチリと張り詰めて量感を増し、割れ目からはみ出す花びらは、すでに熱くネットリと潤っていた。

しかし小夜子は桜子の指示で、というより純也の願いにより、先に尻の谷間を彼の鼻に密着させてきたのである。

顔中に双丘がのしかかり、彼は薄桃色の蕾に鼻を埋めて蒸れた匂いを嗅ぎ、舌を這わせた。そして、先日アヌス処女を頂いたばかりの内部にヌルッと舌を潜り込ませ、滑らかな粘膜を味わった。

「く……」

小夜子が呻き、モグモグと肛門で舌先を締め付けたが、顔中が朱色の袴に覆われているので表情までは見えない。

舌を出し入れさせるように蠢かせていると、気が済んだように小夜子が股間を移動させてきた。

純也も黒々と艶のある茂みに鼻を埋め込み、生ぬるく蒸れた汗とオシッコの匂いを貪り、割れ目に舌を這わせていった。

淡い酸味のヌメリをすすり、花弁状に襞の入り組む膣口をクチュクチュと探ってから、ゆっくりとクリトリスまで舐め上げていくと、

「アアッ……」

小夜子がか細い喘ぎ声を洩らし、キュッと割れ目を押し付けてきた。

純也は悩ましい匂いに噎せ返りながら、執拗にクリトリスをチロチロと探っては、新たに漏れてくる生ぬるい愛液をすすった。

「出る……」

と、小夜子が短く言うなり、チョロッと彼の口に熱いほとばしりが注がれてきた。これも純也の望んだことで、彼は淡い味と匂いを受け止め、うっとりと喉に流し込んでいった。

あまり溜まっていないようで、しかも流れがかなりセーブされているので、純也も噎せることなく、こぼすこともないうちに流れが治まった。

彼は滴る愛液混じりの雫をすすり、残り香の中で舌を這い回らせた。

「ああ、気持ちいい……」

小夜子が熱く喘ぎ、自分から股間を引き離してきた。

そして移動し、仰向けで大股開きになった純也の股間に腹這い、顔を寄せてきたのだった。

5

小夜子は先に、自分がされたように純也の脚を浮かせ、尻の谷間に舌を這わせてくれた。チロチロと舌が這い回り、ヌルッと潜り込んでくると、

「あう……」

純也は快感に呻き、美女の舌先を肛門で締め付けて味わった。

小夜子が長い舌を中で蠢かせると、内側から刺激されるように屹立した肉棒が先端から粘液を滲ませてヒクヒクと上下した。

やがて小夜子は舌を引き離して脚を下ろし、股間に熱い息を籠もらせながら陰嚢を舐め回し、二つの睾丸を舌で転がした。

そしてペニスの裏側をゆっくり舐め上げ、滑らかな舌が先端まで来ると、小指を立ててそっと幹を支え、粘液の滲む尿道口をチロチロと慈しむように舐め回してくれた。

恐る恐る股間を見ると、巫女姿の清らかな美女が先端をしゃぶり、やがて丸く開いた口でスッポリと喉の奥まで呑み込んでいった。

「アア……」

純也は快感に喘ぎ、温かく濡れた快適な美女の口の中で幹を震わせた。

小夜子も深々と含み、上気した頬をすぼめて吸い付き、熱い鼻息で恥毛をくすぐりながら、口の中でクチュクチュと舌をからめてくれた。

股間を突き上げると、小夜子も顔を上下させてスポスポと強烈な摩擦を開始してくれ、たちまち純也は絶頂を迫らせた。

「い、いきそう……」

言うと小夜子はスポンと口を引き離し、身を起こして前進してきた。

そして仰向けの彼の股間に跨がり、先端に割れ目を押し当てて、ゆっくりと腰を沈み込ませていった。

たちまち彼自身は、根元までヌルヌルッと滑らかに呑み込まれた。

「アアッ……！」

小夜子がピッタリと股間を密着させて喘ぎ、純也も肉襞の摩擦と締め付けに思わず息を詰めて暴発を堪えた。

彼女はぺたりと座ったまま、もどかしげに袴の前紐を解いて緩め、中の帯も解くと、白い衣と襦袢《じゅばん》を脱ぎ去っていったのだ。

下半身だけ朱色の袴が覆い、上半身裸になると、正に胸乳を露わにしたアメノウズメを彷彿とさせた。

やがて小夜子は覆いかぶさるように身を重ね、彼の顔に胸を突き出してきた。

純也も彼女を抱き寄せて潜り込み、チュッと乳首に吸い付きながら、もう片方に指を這わせた。

両の乳首を交互に含んで舐め回し、顔中で柔らかな膨らみを味わうと、膣内の潤いと収縮が増してきた。

純也は乳首を味わい、腋の下にも鼻を埋め込み、艶めかしい腋毛に籠もる甘ったるく濃厚な汗の匂いに噎せ返った。嗅ぐたびに刺激が胸に沁み込み、中でヒクヒクと幹が震えた。

小夜子もそれを感じ、徐々に腰を動かしながら、上から唇を重ねてきた。

純也は密着する唇の感触と唾液の湿り気を味わい、彼女の熱い鼻息で鼻腔を湿らせながら舌を挿し入れていった。

「ンン……」

徐々に腰の動きを強めながら小夜子が呻き、トロトロと口移しに唾液を注ぎ込んできた。

純也はうっとりと味わい、生温かく小泡の多いシロップで喉を潤した。

そして彼も両手を回して下からしがみつき、膝を立てて小夜子の尻を支えながら、ズンズンと股間を突き上げはじめた。

「アア……、気持ちいい……！」

小夜子が口を離して喘ぎ、濃厚な白粉臭の吐息で純也の鼻腔を刺激してきた。

やがて互いの腰の動きが一致し、快感に停まらなくなると、二人の接点からクチュクチュと淫らに湿った摩擦音が響いてきた。

すっかり高まると、純也が望む通り小夜子は開いた口で彼の鼻を覆い、ネットリと舌を這わせてくれた。

純也は、美女の口の匂いと唾液のヌメリに包まれ、摩擦の中で激しく昇り詰めてしまったのだった。

「い、いく、気持ちいい……！」

純也は大きな絶頂の快感に貫かれて口走り、ありったけの熱いザーメンをドクンドクンと勢いよくほとばしらせた。

「あ、熱い、感じる……、アアーッ……！」

噴出を受け止めた小夜子も声を上げ、ガクガクと狂おしいオルガスムスの痙攣を開始したのだった。

『す、すごいわ、何ていい気持ち……！』

桜子も声を上げ、小夜子の中で大きな快感を味わっているようだ。

純也はきつい締め付けと収縮に駄目押しの快感を味わい、心置きなく最後の一滴まで出し尽くしていった。

すっかり満足しながら突き上げを弱めていくと、

「ああ……」

小夜子も精根尽き果てたように声を洩らし、グッタリと力を抜いて遠慮なく彼に体重を預けてきた。

まだ膣内はキュッキュッと名残惜しげな収縮が繰り返され、彼自身は中でヒクヒクと過敏に震えた。

そして純也は美女の重みと温もりを受け止め、白粉臭の吐息を間近に嗅いで鼻腔を刺激されながら、うっとりと快感の余韻に浸り込んでいったのだった。

「ああ、何やら、二人分の快感を味わったようだ……」

小夜子が荒い息遣いで囁く。

「桜子は、僕の快感も味わっているから三人分です」

「そうか、羨ましい……」

小夜子が答え、やがて二人で呼吸を整えた。

ようやく小夜子が身を起こし、ティッシュを手にして裾の中に入れた。そして袴の内側を汚さないよう、そっと当てながら股間を引き離し、念入りに割れ目を拭った。

純也もティッシュをもらい、自分でペニスを拭いてから起き上がった。

外はすっかり日が暮れている。

やがて純也が身繕いをすると、小夜子もいったん全裸になってから、再びきっちりと巫女の衣装に身を包んだ。

着ていく所作も安定感があって美しく、また純也はムクムクと回復しそうになってしまったものだった。

「出よう」

小夜子に言われて、純也は一緒に私室から研究室を出た。

研究棟を出ると、小夜子は裏庭の切り株へと足を運んだ。

暮れなずむ裏庭には藍色の夕闇が迫り、東の空を仰ぐと大きな満月が昇りはじめていた。

春の夜風が軽やかに吹くたび、桜吹雪が舞い落ちてくるが、そろそろ桜も散り納めの頃合いだろう。

大きな切り株の根元には注連縄が巻かれ、テーブル状になった切り株の上にはシデの下がった御幣と御神酒が祀られていた。

小夜子が、作法に則って飾ったものなのだろう。

彼女は小さく柏手を打ち、祝詞を呟いた。

純也も礼をして柏手を打った。

『何だか、変な気分だわ。私が拝まれているの？』

桜子が言う。

と、ふと気づいた純也が屈んで切り株を見てみると、隅に小さな新芽が出始めているではないか。

「まだ生きてるんですね、この桜……」

「やがて千年もすれば、元の姿に戻るかも知れん」

純也が言うと、小夜子も顔を上げて答えた。

「じゃ、桜子はまだまだ今の姿で僕の側に」

「ああ、きっと桜は人と違い、不老不死で永遠に生きるのかも知れん」

二人が話すと、桜子も安心したようだった。

「さて、夕食でも付き合ってもらうか」

「ええ、お供します」

「では私は着替えてくる。ここで待っていてくれ」

小夜子が言うと、フェンスの向こうにある女子寮の窓が開き、何と真菜が顔を出したではないか。

「小夜子先生に浅井さん。わあ、巫女さんの姿なんですね」

「高宮か。一緒に夕食に出るか？」

真菜が声をかけると、気さくに小夜子が答えた。

「行きます！」

真菜は勢いよく言うと、仕度をしにパタパタと中に戻っていった。

小夜子も着替えに研究棟に入り、純也は桜子と二人で切り株の前に立った。

『しばらくは退屈しないで済みそうだわ』

「うん、小夜子先生の調査旅行なんかにも一緒に行けるだろう」

桜子が言うと純也は答えた。

そしていつまでもこうして側に桜子がいてくれると良いと思い、彼はもう一度切り株に手を合わせたのだった……。

本書は書き下ろしです。

実業之日本社文庫　最新刊

白井智之
死体の汁を啜れ
文字の読めないミステリ作家、深夜ラジオ好きやくざ、詐欺師まがいの女子高生、事件を隠蔽する刑事が謎を追う。前代未聞の連作短編集！（解説・東川篤哉）
し92

知念実希人
鏡面のエリクサー　天久鷹央の事件カルテ
鷹央の天敵・天久大鷲が容疑者に……!?　末期がんを含めたあらゆる病気を治す「万能薬」をめぐる殺人事件に、天才医師が挑む。大人気シリーズ第19弾！

ち1211

南 英男
刑事図鑑　弔い捜査
暴力団を抜けようとしていた組員が組の裏金一億円とともに姿を消す。警視庁捜査一課の加門は組員の行方を探すよう非公式の協力を要請されるが……。

み740

睦月影郎
美人あやかし教室
志望の大学に入学できた青年の前に、桜の化身だという美女が突然現れた。誰にでも憑依することができ、意のままに操れるという彼女の力を借りて……。

む222

実業之日本社文庫　好評既刊

睦月影郎
美女アスリート淫ら合宿
童貞の藤夫は、女子大新体操部の合宿に雑用係として参加する。美熟女コーチ、４人の美女部員、賄い係の巨乳主婦との夢のような日々が待っていた！
む 2 11

睦月影郎
みだら女剣士
女子大剣道部の合宿の手伝いをすることになった治郎。そこに幕末に死んだ女剣士の霊が現れ、次々と部員に取り憑き欲求を満たしていく。爽快スポーツ官能！
む 2 13

睦月影郎
淫魔女メモリー
小説家の高志は、裏庭の井戸から漂う甘い香りに誘われて降りてみると、そこには地獄からの使者が!? 淫魔大王から力を与えられ、美女たち相手に大興奮！
む 2 14

睦月影郎
淫ら新入社員
女性ばかりの会社『ＷＯ』。本当の採用理由を知らされずに入社した亜紀彦は、美女揃いの上司や先輩を相手に、淫らな業務を体験する。彼の役目とは――。
む 2 15

睦月影郎
母娘と性春
独身の弘志は、上司に誘われて妖艶な母娘が住んでいる屋敷を訪れる。そこには、ある役割のため家の女と交わる風習があった。男のロマン満載、青春官能！
む 2 16

実業之日本社文庫　好評既刊

睦月影郎
美人教師の秘蜜
二十歳で童貞の一樹は、憧れの美人教師の部屋に忍び込む。それを先輩に見つかってしまい、通報されても仕方ないと覚悟するが、逆に淫らな提案が……。
む２17

睦月影郎
女流みだら漫画家、昭和50年
美大中退の青年が、有名な女流漫画家のアシスタントを頼まれた。仕事場には、魅力的な女性ばかりが揃い、濃厚なフェロモンの中で働くことになるが……。
む２18

睦月影郎
美人母娘の蜜室
大学生の文夫に憧れの先輩と懇ろになるチャンスが来た。期待に胸を膨らませ部屋に向かう途中、彼女がその場に立ちすくむ。そこには二人の美女がいて……。
む２19

睦月影郎
淫ら美人教師　蘭子の秘密
北関東の高校へ赴任した蘭子。担任するクラスには不良達がいて、襲いかかってくるが……。美人教師が秘められた能力で、生徒や教師を虜にする性春官能。
む２20

睦月影郎
美人探偵　淫ら事件簿
作家志望の利々子は、ある事件をきっかけに恩師とともに探偵事務所を立ち上げ、調査を開始。女子大生や人妻が絡んだ事件を淫らに解決するミステリー官能！
む２21

実業之日本社文庫 む2 22

美人《びじん》あやかし教室《きょうしつ》

2025年4月15日　初版第1刷発行

著　者　睦月影郎《むつきかげろう》

発行者　岩野裕一
発行所　株式会社実業之日本社
〒107-0062　東京都港区南青山6-6-22 emergence 2
電話 [編集]03(6809)0473 [販売]03(6809)0495
ホームページ https://www.j-n.co.jp/
ＤＴＰ　ラッシュ
印刷所　中央精版印刷株式会社
製本所　中央精版印刷株式会社

フォーマットデザイン　鈴木正道(Suzuki Design)

ISBN978-4-408-55944-5（第二文芸）